公元787年，唐封疆大吏马总集诸子精华，编著成《意林》一书6卷，流传至今

意林：始于公元787年，距今1200余年

U0889010

意林®

一则故事　改变一生

意林童书中心　出品

银灵幻影

YIN LING HUAN YING

I

·寻谜99天·

安幻凝 著

吉林摄影出版社
·长春·

图书在版编目（CIP）数据

寻谜99天 / 安幻凝著. — 长春：吉林摄影出版社，
2018.8
（银灵幻影；Ⅰ）
ISBN 978-7-5498-3680-2

Ⅰ. ①寻… Ⅱ. ①安… Ⅲ. ①长篇小说－中国－当代
Ⅳ. ①I247.5

中国版本图书馆CIP数据核字(2018)第148883号

银灵幻影Ⅰ·寻谜99天

YINLING HUANYING Ⅰ·XUNMI 99 TIAN

著　　者	安幻凝	印　　张	11
出 版 人	孙洪军	版　　次	2018年8月第1版
总 策 划	顾　平　宋春华	印　　次	2018年8月第1次印刷
出 品 人	杜普洲	出　　版	吉林摄影出版社
主　　编	宋春华	发　　行	吉林摄影出版社
责任编辑	王维夏	地　　址	长春市泰来街1825号
图书策划	宋春华　朱晓婷		邮编：130062
图书统筹	朱晓婷	电　　话	总编办：0431-86012616
执行编辑	朱晓婷		发行科：0431-86012602
设计总监	资　源	网　　址	www.jlsycbs.net
封面设计	资　源	经　　销	全国各地新华书店
美术编辑	张　龙	印　　刷	河南文华印务有限公司
开　　本	700mm×1000mm 1/16	书　　号	ISBN 978-7-5498-3680-2
字　　数	150千字	定　　价	26.80元

若光照耀你的希望
影便投射胜的方向

银灵幻影 1 寻谜99天

人物介绍

慕琉冰

温文尔雅的钢琴王子，在转校的短短一个星期之内，风头盖过了御堂守。但其实他真实的身份是光之祭司天音。

御堂守

学生会会长，御堂家大少爷，御堂浅的哥哥，继承了御堂家的绘画天赋，擅长画各种鲜花，是学校里的名人，知道家族秘密，也是纯汐的影搭档之一。

御堂浅

本是高一学生，御堂家二少爷，曾救过姚纯汐，并订下『浅汐之约』，要求纯汐与他联手探查家族秘密。

姚纯汐

学生，在花店兼职打工。一次车祸的发生，令她拥有一双破影之瞳。

银灵幻影

I 寻谜99天

人物介绍

御堂七海

御堂家家主，名义上是浅和守的父亲，很清楚几百年前发生的事，其行动的目的，是寻找纯汐，并除掉她。

绿罗

纯汐的影搭档之一。在光影世界发生巨变后，为保护自己的妹妹而不得已成了影之大祭司的使者。

红罗

将大祭司当成崇拜的偶像，从心底钦佩着大祭司，坚定地站在大祭司一边，却不知道自己只是他牵制姐姐的棋子。

若道

非常有能力的少年，影之祭司，曾是影王最得力的助手。一直忠心于自己的王，偶然得知某个秘密后，彻底改变。

银灵幻影 I ·寻谜99天·

目录

银灵幻影

I

寻谜99天

楔子

约定·相约再见

光影历，两百年前。

夜空闪亮，火花飞溅，沙尘四起，光影交错。

强烈的飓风席卷而来，步步进逼，即将吞噬周围的一切。

地动山摇，火光四射，飞沙走石，眼前的世界岌岌可危。

两大王者相视而立，恬静淡然。

一道深深的裂隙横亘在他们面前，无法跨越，无法碰触，丝丝缕缕的光芒如星辰般点缀其中，忽明忽暗，若隐若现。

影王深吸一口气，薄唇缓缓上扬，沉声道："那么，我们开始吧。"

"好！愿这场浩劫过后，光影世界能够重获新生。"光王微笑着点头，她的黑眸清澈如水，闪烁着钻石般灿亮的光芒。

"尊敬的王，你们一定要这样做吗？"

分立在两侧的光、影大祭司，用万般复杂的眼神注视着各自的王。

"是的，这是我们永不后悔的选择。"

光王和影王互相注视着彼此，目光淡然，却又深不可测。

"再见！"

"……好。"

言毕，两大王者微微颔首，不约而同地跳入那道深不见底的裂隙，逐渐消失在茫茫夜雾之中……

银灵幻影

I 寻谜99天

第一章

初遇·幻灵少年

茫茫人海，命运般的相遇，潘多拉之盒即将开启。

傍晚放学时，夕阳染红天际，明媚耀眼。

姚纯汐离开学校，独自向打工的花店走去，晚风轻拂，吹起她的长发，在空中划下道道剪影。

“丁零零——”

花店门口的风铃发出清脆悦耳的旋律，背着书包的少女闪身而入。

“大叔，我来打工啦！”

“哦，放学了。”店长大叔满脸含笑，神采飞扬，“纯汐啊，你来得正好，我有事要出去呢，店就交给你了。”

“没问题，大叔请放心！”

姚纯汐拍着胸口保证，换来大叔一阵阵开怀的笑声。

夕阳的余晖从落地窗静静洒入，铺下无数碎金子般的光点，仿佛所有的鲜花都被施了魔法，既梦幻又美丽，熠熠生辉。

姚纯汐换好工作服，开始为店内的鲜花做修剪，门口的风铃再次响起，优美而熟悉的旋律轻轻拂过耳际。

“欢迎光临！”

只是习惯般的问候，姚纯汐并没有抬头，仍在继续手中的工作。

“请问，您想买些……呃，你……”

姚纯汐微微转过身，竟赫然发现一位俊美优雅的少年站在自己面前。

他……应该就是刚进来的那位顾客吧。

奇怪！

花店里一直静悄悄的，她怎么没有听到少年的脚步声呢？

“你好，要买什么花？”

少年但笑不语，绿宝石般的眼眸深深注视她，洁白如雪的银发轻轻拂过额角，在纯净的眼底洒下一道道清晰的剪影。

姚纯汐怔了怔，凝眸仔细打量着少年：分明是东方人的面孔，为什么他会有一双神秘漂亮的绿眸呢？难道，难道他是戴了美瞳？

嗯，很有可能，瞧瞧他，连头发都染成最另类的颜色了，还有什么做不出来的？

“请问，你是要买花吗？又或者……”

“哈哈！”店长大叔从内室走出来，望着她放声大笑，“纯汐，你这是与空气交谈，还是与鲜花交谈呀？如果觉得闷，就听听音乐吧，自言自语很有趣吗？”

什么？自言自语？

姚纯汐不由得睁大双眸，慢慢蹙起眉头，一动不动地盯着近在咫尺的美少年。

原来，原来这个家伙……不是人类！

多年前，姚纯汐遭遇过一次事故，从那以后，她的双眼就变得不同了，总是能够看到一些奇奇怪怪的东西，比如幻灵之类。

最初，她感到很惊异，很害怕。

后来慢慢习惯了，她干脆将那些奇怪的东西当成浮云，或者漠视，或者无视，多多闪避，尽量远离。

因此，她决定无视眼前的少年。

“纯汐，我出去办事，花店就拜托你了。”

店长大叔走得很匆忙，姚纯汐只好苦笑着点头应允，向大叔挥手再见。

偌大的花店，一片沉寂。

淡淡的阳光，绚烂的花朵，宛若一幅精致的油画。

姚纯汐继续在花店里忙碌，俨然将不请自来的幻影少年当成了空气。只不过，少年似乎比她更有耐性，始终不言不语，不急不躁，静静地倚在窗边，凝眸笑望着她。

“你……”最后，还是姚纯汐忍不住了，“你到底想怎样？”

少年轻敛眉宇，薄唇缓缓上扬，露出一抹意味深长的笑，幽湖般的绿眸深邃难懂，仿佛一下子望入姚纯汐的心底，让她莫名地心惊。

“我叫御堂浅。”

他的声音温润如风，很平缓，很轻柔。

“纯汐，我需要你的帮助。”

“抱歉！”姚纯汐立刻摇头，当即拒绝，“那个谁……你听清楚，我虽然能够看到你，但我只是一个普通人，没有任何特异功能，我可不觉得自己能够帮上你的忙。”

御堂浅并未生气，依然保持着优雅恬静的笑容，漂亮的眼眸如同当空皓月，闪烁着月华般明澈的光芒，竟有那么一点点魅惑。

倏地——

他的眸色加深，淡淡的青绿变成了浓浓的暗绿，尽管仍在微笑，眼底却绽放出两道沉墨般阴翳的寒光，飞速延伸，不断逼近，宛若两条凝结着薄霜的冰链，紧紧缠绕住姚纯汐雪白的颈项。

“呃……你，你……”

御堂浅默然扬唇，不慌不忙地走到姚纯汐面前，神态自若，笑靥如花，仿佛看着姚纯汐受苦是一种乐趣。

“纯汐，答应我吧，我真的很需要你的帮助。”

“你……”姚纯汐愤愤地瞪着他，隐忍喉咙的疼痛，冷冷地说道，“如果你想用这种强硬的手段让我屈服，那你就看错我了！我宁愿死，也不会帮助你！”

御堂浅无奈地叹气，抬手覆在自己额角，似笑非笑地望着姚纯汐，眼眸渐渐恢复原来的浅绿色。与此同时，那两条束缚着姚纯汐的光链也转瞬而逝了。

“抱歉，纯汐，我刚才是和你打招呼呢。”

“咳咳……咳咳……”

姚纯汐根本顾不上讲话，只是半弯着腰，不可抑制地咳嗽，无形的恐惧笼罩着她，令她警戒地后退了几步。

见状，御堂浅轻蹙眉头，苦涩地笑了笑：“纯汐，别害怕，我只是来恳求你的帮助。你放心，我不会用强硬的方式来逼迫你，我要你的心甘情愿！”

“什么？你在说梦话吧？”姚纯汐嫌恶地望着他，语气中的嘲讽意味十分明显，“你仅仅与我打个招呼，我就差点儿丢掉性命！我凭什么相信你？”

“纯汐，你已别无选择。而且……”御堂浅双臂交叉，环于胸口，淡淡地说道，“我会用行动告诉你，我其实很不错。”

哈！很不错？

姚纯汐挑了挑眉，气得有些无语，这个家伙简直就是不折不扣的自恋狂啊！

“喂，你不要再来打扰我！”

御堂浅默默地注视她，眸光稍显黯淡，但他的笑容依旧，意味深长地说道："纯汐，你会答应的。"

看着他胸有成竹的模样，姚纯汐心中的怒火更加汹涌澎湃，恨不得让他立刻消失。

可恶！

这个家伙是不是故意来找碴儿的？

姚纯汐这些年撞到的怪人怪事也不算少了，可主动找上门来的，御堂浅还是第一个！好吧，他越是自信满满，她就越不让他如愿以偿。哼，看看谁厉害！

那次之后，连续几天，姚纯汐都没有再见到御堂浅。

想起他说过的话，姚纯汐不由得讪笑：看来，那个少年只是在吓唬她，信口开河而已。

四月的清晨。

阳光温暖明媚，闪烁着金子般的光泽。

微风轻轻吹拂，栀子花洁白如雪，将雅丘学院点缀得愈加美丽幽静。

正值课间休息，校园内的欢声笑语此起彼伏，传出很远很远。姚纯汐坐在座位上，抬手托起下巴，意兴阑珊地望着窗外，有些心不在焉。

"纯汐！纯汐！"

同桌兼好友的莫瑾同学，突然撞了她一下，指着手机屏幕笑道："你快看！这枚发卡是不是很可爱？"

"是、是。"姚纯汐看都没看，敷衍地点点头。

莫瑾是姚纯汐的好朋友，混血儿，有点儿小迷糊，超喜欢网络购物，什么新鲜时尚的东西都逃不过她那双"蓝色追击眼"。

"纯汐，你怎么啦？是不是身体不舒服？"

"没事，我挺好的。"

看到莫瑾这么关心自己，姚纯汐不由得扬唇浅笑，心中浮起一抹感动。然而，莫瑾接下来的一句话，却将她所有的感动碾成了碎片。

“既然没事，你怎么不更新朋友圈的图片？你不是每天都会上传一张鲜花图片吗？这几天怎么回事？难道你没去花店打工？”

“当然去啦！可是……”姚纯汐一把抢过莫瑾的手机，沉声道，“大小姐，我是去花店兼职打工，不是去旅游拍照！花店很忙的，哪有闲工夫……”

上课铃在这时响起，纯汐幽幽地叹了口气，将思绪重新平复下来。

是呢，自从碰到御堂浅，她好像变得奇怪了，时不时地发呆发愣，连朋友圈都忘记更新和查看了。不过呢，她最好奇、最困惑的，并不是御堂浅这个怪物，而是他所说的“帮助”。一个亦正亦邪的怪物，究竟会有什么需要她帮忙呢?

“姚纯汐，你来做这道题。”

听到数学老师点自己名，她赶忙离开座位，向讲台走去。

数学向来是纯汐的强项，解题进行得很顺利，却在最后写答案的时候，她突然扭过头惊叫一声。

“啊——”

“怎么啦？发生了什么事？”

老师和同学们纷纷抬头，几十双眼睛全落在姚纯汐身上。

可是，她能说什么呢？总不能告诉大家，某个少年正站在黑板旁边，似笑非笑地望着她吧。

“咳咳……其实，是……是蟑螂！”

此话一出，老师和同学们大惊失色，教室里立刻变得热闹起来。

“居然有蟑螂，太恶心啦！”

“是不是值日生没有打扫卫生呀？”

“老师，您必须向学校反映情况！”

姚纯汐为自己的谎话感到汗颜，抬眸怒视御堂浅，愤愤地用唇语责怪他。

“都怪你！”

“好吧，这次算我错，可我是来见你的，你多少也有些责任吧。”御堂浅不以为意地耸了耸肩，走到姚纯汐面前，用手指轻敲黑板，“这里还没有写答案，千万别忘记哦。”

姚纯汐彻底无语，连反驳的力气都没了。她发现，这个叫御堂浅的，让人又气又恨，无计可施。

当然，事情不会就这样结束。

于姚纯汐，她绝对不甘心输给一个怪物；于御堂浅，他的目的还没有达到，怎么可能轻易放弃？

因此，姚纯汐无论去哪里，御堂浅都会跟在她身后，如影随形。

姚纯汐在课堂上走神，御堂浅就好心提醒；她在花店打工，御堂浅就帮忙选花；她在餐厅吃饭，御堂浅就驱赶苍蝇；她用手机上网聊天，更新朋友圈，御堂浅就趁机浏览信息，不亦乐乎。

几天下来，姚纯汐非但没有赶走御堂浅，还逐渐适应了与他相伴的日子。

“御堂浅，我们谈谈吧。”

坐在学校操场的梧桐树下，姚纯汐抬眸望着身边的怪物少年。

算起来，她也碰到过很多不同类型的幻灵了，可是，像御堂浅这样死缠烂打、超级黏人的，却是平生第一次遇到。

御堂浅微微一笑，俯身注视她，那漂亮的绿眸波光流转，泛起细碎的涟漪。

“纯汐，我需要你的帮助。”

“什么意思？”姚纯汐托起下巴，困惑地眨了眨眼睛，“你总是说‘帮助’，我到底能帮你做什么？而且，我先声明哦，违法的事情你可别指望！”

御堂浅无奈地摇头，银发随风飘舞，唇畔漾起一抹温柔如水的浅笑。

“纯汐，我究竟哪里像十恶不赦的坏人，让你如此戒备？”

“谁说你是坏人了？我的意思是……”姚纯汐突然伸出手，探向御堂浅的肩膀，所触空荡荡的，什么都没有，“看见没？你不是坏‘人’，根本触不到！”

“也对。但我保证不会伤害你。”御堂浅苦涩地笑了笑，绿宝石般的眼眸蒙上一层忧郁之色，“纯汐，我是个特别的存在，还能在这个世界存留99天，而且……确切地说，我是个失去了部分记忆的幻灵，脑海中虽然总会浮现一些熟悉的片段，却无法回想起来。你可能不相信，我之所以找到你，也是由于这些记忆的驱使，而我自己并不清楚这究竟是怎么回事。我在之前发现了一些不可思议的东西，那些东西让我非常困惑。我想在有限的时间里，查明真相，揭开其中的秘密。”

姚纯汐听得有些糊涂，不禁陷入沉思之中。

要不要帮助御堂浅呢？

仅仅99天的时间，她和御堂浅又能做些什么？更何况，对方还是一个幻灵，恐怕很多事情都要她去冒险挑战，而最好的选择，就是敬而远之。

“能不能告诉我，你发现了什么秘密？”

“当然可以。”御堂浅恢复温和的笑容，诡秘地眨了眨眼睛，低声道，“只要你答应与我合作，我会把自己知道的一切，毫无保留地告诉你。”

姚纯汐的脸色骤然改变，眉头越蹙越紧，冷冷地甩给他一记白眼儿。

“御堂浅，你……”

“纯汐！”

莫瑾从远处跑过来，向她挥挥手。

“纯汐，要上课了。体育老师说，今天考八百米，吓得我心都碎了。”

“你这么一说，我的心也碎了！”

姚纯汐和莫瑾都厌恶体育课，最厌恶累死累活地跑步，每次女生八百米测试，她们两人必定在班里最后五名中。

“纯汐，怎么办？”莫瑾可怜兮兮地望着她，“今天的考试，我们还要吊车尾吗？”

姚纯汐站起身，抬手拍了拍莫瑾的肩膀，慨叹道：“管他呢，尽力就好，反正……”

不经意间，眼角的余光瞥到御堂浅，姚纯汐突然狡黠地转了转眼珠，脑海里冒出一个闪亮的小火花！嘿嘿，有办法啦！

“莫瑾，你先过去吧，我随后就来。”

莫瑾点点头，蓝眸熠熠闪烁，如天上的星星般明亮。

望着莫瑾的背影，御堂浅的眼中流转着复杂难懂的波光，自言自语道：“纯汐，你的朋友带给我一种似曾相识的感觉，也许……”

“不准靠近我的朋友！”姚纯汐打断他的话，眸光异常坚定，“御堂浅，莫瑾只是一个普通女孩，她根本看不到你，你若敢找她的麻烦，我保证让你死得很难看！”

“纯汐，你误会了。”

御堂浅想抬手拉住她，手臂却穿过了她的身体。

“请你相信我！你是唯一能够帮助我的人，我又怎么会伤害你的朋友？”

其实，御堂浅自己也很困惑。

他并不认识莫瑾，也从未见过莫瑾，可不知为什么，心底却隐隐涌动着一股恍如隔世的熟悉感。

“御堂浅，我们来打个赌，如果你赢了，我就与你合作。相反，若你输掉，就不要再来找我！”姚纯汐仰头注视他。

“好。”御堂浅默默地回望着她，绿眸平静如水。

姚纯汐叹了口气，视线有些飘忽，声音低低的：“只要……你能让我在体育课的长跑测试中进入全班前五名，就算你赢。对了，你有没有瞬间转移的力量？”

“没有。”

“你不会让我吃什么‘大力丸’‘加速丸’之类的吧？”

御堂浅抿唇而笑：“不会。”

“总之，不能使用特殊力量！”

姚纯汐强调完最后一句，立刻向操场中间跑去，她的同学已经在那里集合了。

“预备——嘟！”

伴随着一声清脆的哨音，姚纯汐最害怕的八百米长跑开始了。

刚刚起跑的时候，每个同学都是精神抖擞，渐渐地，耗光力气后，速度也越来越慢。姚纯汐很清楚，自己的体力已到极限，双腿仿佛灌满沙砾，又累又乏。

“加油，纯汐！”

御堂浅的声音幽幽地飘来，漂亮的长睫毛如羽扇般覆盖在墨绿色的眼眸上。

姚纯汐无暇理睬他，继续向前跑，突然耳畔传来一阵“嗡嗡嗡”的声响。姚纯汐小心翼翼地侧眸而望，竟看到一大群蜜蜂正在她的身后乱飞。

哪里来的蜜蜂？她简直要抓狂了！

“御堂浅，是你在捣鬼，对不对？”

“我只想给你加油。”御堂浅飘到她的身边，笑意盈盈，“哦，忘了告诉你，这些蜜蜂可是会蜇人的！”

姚纯汐半信半疑地望着他，慢慢将手探向蜂群。

“啊，好疼！”

没想到，蜜蜂真的蜇疼了她的手指。

御堂浅好整以暇地微笑，似提醒似威胁地说道：“纯汐，如果不想再受伤，就发挥出你的潜力，拼命去跑，一刻都不要停。”

姚纯汐气鼓鼓地瞪着他，反驳的话还没有说出口，蜜蜂已经蜂拥而至，她只能不顾一切地向前跑，身体好像飞起来似的，在疲惫之外，隐隐多了一点儿充实感。

“第四名，姚纯汐！”

冲线那一刻，体育老师的脸上溢满惊喜，姚纯汐却毫不开心。

是的，她赌输了。又或者，在潜意识里，她一直在动摇，甚至是希望自己输给御堂浅的。

银灵幻影 I

·寻谜99天·

第二章 合作·非常方法

天空湛蓝如洗，朵朵白云不断变幻着形状。

阳光静静地洒落下来，泛开一片片星子般的光影。

下课铃敲响后，大家都奔跑着离开了。

偌大的操场，突然变得空荡荡的，只有风吹过树梢的沙沙声在缓缓蔓延。

姚纯汐没有回教室，她独自坐在操场右侧的石级上，用双手支撑着身体，抬头仰望那片蔚蓝的天空。

风凉丝丝的，吹起她的长发，渐渐迷离了视线。

“愿赌服输，我答应帮你的忙。”

她淡淡地开口，仿佛在自言自语，仍然保持之前的姿势，凝眸望天。而那个坐在她身边的幻灵少年，只是微笑地盯着她的侧脸，一双神秘妖娆的绿眸璀璨生辉。

“纯汐，谢谢你。”

“不必客气。”她将视线移开，自嘲般地笑了笑，“这是我赌输的代价！喂，御堂浅，你能不能告诉我，那些蜜蜂到底是怎么回事？”

“这个嘛……”

御堂浅并没有说谎，蜜蜂的确是真的。

跑步开始前，他撒下了某种吸引蜜蜂的花粉，而花粉飘落的地方就在姚纯汐周围。当然啦，作为幻灵，他肯定有些特殊力量，为了防止别人见到蜜蜂，他将蜜蜂悄悄“屏蔽”了。

“魔术！蜜蜂是我用魔术变出来的。”御堂浅轻敛视线，俊美优雅的容颜流转着月华般的光彩，“我很喜欢魔术。”

姚纯汐不相信“魔术”这种解释，但没有过多追问。

御堂浅默然而笑，唇角勾起一道完美的浅弧，幽湖般的绿眸闪过淡淡的异样光芒：“怎么说呢？纯汐，你之所以能够看到我，是因为你拥有一双破影之瞳！”

不过……

破影之瞳对姚纯汐的影响究竟有多大，结果又会怎样，连御堂浅也不得而知。

很快，姚纯汐发现了一个大问题。

原来，御堂浅是S市赫赫有名的御堂世家二公子！只不过，御堂家并没有公开御堂浅突然消失的消息，反而隐瞒了此事，宣称御堂浅去国外读书了。

御堂家是著名的书画世家，声名远播，很多地方都有御堂家创办的书画学校和培训机构。据说，书画学校招生的时候，不少孩子的父母在报名处等候，将马路围得水泄不通，交警曾出动好多次去维持秩序。

与其享有的盛誉相反，御堂家的生活非常低调。电视、报纸、杂志、网络各类媒体经常报道御堂家的书画事业，却很少提及御堂家的家族成员，在外界看来，御堂家内部很是神秘，难以窥测。

姚纯汐那个郁闷那个后悔呀，捶胸顿足地想暴打御堂浅一顿。

该死！

如果早点儿注意到御堂浅的身份，她才不会答应合作呢。而且，御堂浅的哥哥还是她们学校被大家称为“魔鬼少年”的学生会会长！瞧瞧他们吧，一个是幻灵，一个是“魔鬼”，难怪能够成为兄弟呢。

星期六。

晨曦微绽，露珠晶莹美丽。

空气清爽，偶尔有飞鸟低低掠过。

每个周末，姚纯汐都要在花店打工一整天，而周二、周四是放学后过去，直到晚上八点打工结束。

悦耳的风铃声响起，姚纯汐抬眸而望，正欲起身迎接，又立刻停住了。

“御堂浅，你现在是幻灵，不准走正门打扰我的工作，直接穿墙进来！”

“可是……”御堂浅委屈地看着她，漂亮的绿眸一眨一眨，“纯汐，我很喜欢这个风铃的声音，更何况，穿墙而入是小偷的行为，我不干！我要堂堂正正出，堂堂正正……”

“砰！”

姚纯汐用力拍了一下柜台，黑眸冷冷地怒视他。

“御堂浅，再敢废话，我就用眼神杀死你！”

“纯汐，你……”御堂浅想说服她，却在望见她带着怒意的黑眸时，蹙起眉头，无奈地叹了叹气，抿唇轻笑，“好吧，我说完就走。”

姚纯汐答应帮忙后，御堂浅就将自己发现的怪异之事告诉了她。

作为幻灵，御堂浅进出任何地方都是毫无阻碍的，然而，他从出生就一直生活在那里的御堂家，却变成了例外。

很多次，他想重回御堂家，都无法靠近一步。

“为什么会这样？”

姚纯汐眯起眼睛，追问道：“除了御堂家，其他地方呢？情况如何？”

“畅通无阻。”

“那在这之前，你有没有什么异样的感觉？”

御堂浅仔细回想，摇了摇头：“没有，不过……我消失前那一晚，偶然听到父亲和母亲的谈话，他们似乎已经知道，我会在当晚消失。更奇怪的是，御堂家却没有将这个消息公开，反而低调宣称我去国外读书了。为什么家人要刻意隐瞒呢？最难以理解的是，我变成幻灵后，非但无法进入御堂家，也无法靠近御堂家的任何人！”

“哦？他们也能够看到你吗？”

“不，不是。”御堂浅轻蹙眉头，绿宝石般的眼眸稍稍凝缩，“他们看不到我，可我一旦靠近他们，身体就会不可遏制地受到排斥。纯汐，我怀疑，御堂家有着不可告人的秘密，无论我的怪异遭遇，抑或家人的反常举动，都不太对劲。”

姚纯汐沉默不语，用力点了点头。她很赞同御堂浅的想法，也愿意协助他查明真相，只不过，仅仅99天的时间，会不会不够用呢？

“所以，我们必须尽快行动。”

御堂浅双臂交叉，站在店内的花海中，俊美得让周围的鲜花黯然失色。

“咔咔咔！”

姚纯汐一边用手机为鲜花拍照，一边聆听御堂浅的计划。

“简单说，你想怎么做？”

“咔！”

拍完最后一张郁金香的照片，姚纯汐准备上传到自己的朋友圈，让朋友们也来看看店长大叔最新引进的黑色郁金香。

御堂浅抬眸注视她，褪去惯有的笑意，脸色稍显凝重，淡淡地说：

“纯汐，我希望你去接近一个你的同校生，我们要从他的身上开始调查。”

同校生？

姚纯汐微怔，顺利将照片上传后，扭头问道：“是谁？”

“我的哥哥，御堂守。”

“啪！”

姚纯汐手里的手机一下子掉在地上，闪闪发亮的屏幕上显示着朋友圈更新刚刚完成，那朵傲然绽放的黑色郁金香甚是耀眼。

“不行！”姚纯汐拼命摇头，目光异常坚定，“我反对！我举双手双脚反对！”

御堂浅没想到姚纯汐的反应会如此强烈，俊美优雅的面孔浮起淡淡的困惑，幽湖般的绿眸深深地注视她，似乎想要看穿她的担忧和顾虑。

“如果你有什么苦衷，不妨告诉我。”

“这可不是我一个人的苦衷，所有同学都知道，你哥哥根本就是生人勿近啊！”姚纯汐挫败地叹了口气，俯身从地上捡起手机，无奈地向御堂浅耸了耸肩。

“抱歉，不是我不想帮忙，而是……怎么说呢？御堂守是你的哥哥，你应该比我更了解他，那种冷面帅哥真的很可怕。”

听着她近乎夸张的讲述，看着她局促惶恐的神情，御堂浅不禁默默地扬唇而笑，银色的发丝轻轻拂过额角，闪烁着月华般清朗的光芒。

许久，他才慢慢开口。

“纯汐，你害怕我哥哥？”

姚纯汐抬眸望着御堂浅，托起下巴，微蹙眉头，不置可否。

御堂浅轻敛笑意，幽湖般的绿眸有些深不可测：“你连我这个拥有特殊能力的幻灵都不怕，为什么怕我哥哥呢？”

“不知道。”姚纯汐自嘲般地笑了笑，第一次正面回答这个问题，“其实，我也说不清准确的原因。你哥哥与我同校，是我的学长，我们曾几次在校园内擦肩而过，他总会带给我一种很奇怪、很微妙的感觉。这么说吧，他明明是人类，却让我觉得无法靠近，仿佛他根本就不属于这个世界……你、你明白我的意思吗？”

姚纯汐深深地注视着御堂浅，御堂浅也静静地回望着她。

碎金般的阳光洒落在他们周围，恍若氤氲着晶莹透明的琉璃之花，浸染着两人清亮澄澈的瞳眸，那样纯净无瑕，却又那样深邃难懂。

御堂浅轻轻垂眸，柔声道：“纯汐，如果我告诉你，我以前也会带给你相同的感觉，你会如何？”

“你、你……”

姚纯汐难以置信地盯着他，黑宝石般的瞳眸紧缩，却突然隐隐作痛，这是以前从未发生过的情况。

“这是真的。”御堂浅苦涩地勾起唇角，笑容惨淡而苍白，“我偶然听到父母的谈话，他们说，御堂家的人在这个世界里，本就应该……是幻灵。”

什么？

这是什么意思？

姚纯汐彻底糊涂了，露出一副不知所措的模样。可是，她还没来得及深入思考，眼睛的疼痛就骤然加剧，伴随疼痛而来的，则是无数迷离交错的影像。

“疼，疼，我的眼睛好疼……”

“纯汐！纯汐，让我看看！不要闭眼，坚持住！”

御堂浅拧紧眉头，眸底溢满担忧，他迅速抬起手，探向姚纯汐的脸颊。然而，一切都是徒劳，即使他碰到了姚纯汐，双手也毫无实感，毫无力量，不能带给她任何帮助。

姚纯汐强忍疼痛，感激地笑望着他，两行热泪不受控制地流淌而下。

“御堂浅，你别担心，我……我能坚持，我也没想哭，可不知道怎么回事，我的眼睛却自己流泪了。”

“对不起，纯汐……”

御堂浅抱歉而无奈地摇了摇头，再次抬起手来，只见一道金色光束从他的掌心喷薄而出，慢慢笼罩在姚纯汐的头顶上方。

姚纯汐惊怔，愕然道：“御堂浅，你想做什么？”

“不要担心。相信我，相信我就好。”

御堂浅手中的光束越来越强烈，而他的身影也越来越近地靠向姚纯汐，直到……

伴随着光束的消失，御堂浅从她的眼前彻底消失了。

这是要干什么？

“御堂浅，你为什么要这样做？”

姚纯汐在心中拼命呐喊，试图和御堂浅进行对话。

“纯汐，请原谅我，但我必须想办法靠近御堂家的人。”御堂浅的声音已经改变，那根本就是姚纯汐自己在讲话，“放心吧，乖乖地睡上一觉，我会帮助你顺利靠近我哥哥的。”

姚纯汐正想开口追问，一股铺天盖地的黑暗突然袭来，如御堂浅说的那样，她身体里那属于她自己的灵魂仿佛接到命令似的，不知不觉进入了睡梦之中……

短短几秒钟，花店里的少女恢复常态，漂亮的黑眼睛忽闪忽闪，唇角漾起一抹淡雅温柔的笑意。

“她”大步走到柜台前，望着镜子中映出的自己，沉声道：“御堂浅，不要辜负纯汐的期望，更不要让纯汐受到任何伤害！”

此时此刻，那个支配姚纯汐身体的，显然不是她自己，而是——幻灵少年御堂浅！

夜色幽深，晚风习习。

明净的皓月不知何时躲入厚厚的云层。

风吹过树枝，发出沙沙的声响，稀疏婆娑的暗影，冉冉而动。

“七海，祭司大人问你，事情进行得怎样了？”

“一切都在祭司大人的控制中，只不过……”中年男子稍显犹豫，声音压得更低，“很抱歉，关于光王的追查，依然没有任何线索。”

闻言，对方沉默了许久，什么都没有说。

月亮渐渐离开云层，银沙般的光芒悄然洒落，将正在谈话的两人清晰地映照出来。

中年男子面色凝重，看不出太多表情，架在鼻梁上的金丝边眼镜闪烁着锐利的寒光。

站在他旁边的人，身材矮小瘦弱，可爱的娃娃脸笑意盈盈，最引人注目的，是她那火焰般的长发，鲜红如血，异常明艳。

“七海，我们的王即将苏醒，光王怎么可能毫无动静呢？”

中年男子轻轻摇头，不紧不慢地回道：“放心，此事我会尽快查明。红罗，请你转告祭司大人，御堂家必定全力以赴，完成自己的任务，希望能够早日回去。”

红罗眯起眼睛，莞尔一笑：“七海，好好监视我们的王。事成之后，祭司大人绝不会亏待你的。”

中年男子微微颔首，沉声道：“那么，我先在此谢过祭司大人！”

“好的，我回去复命了，下次再见！”

红罗调皮地做了个鬼脸，抬手探向漆黑的夜空，“唰”的一声，一条深不见底的裂缝显露在两人面前，红罗纵身跃下，立刻消失在茫茫夜色之中……

中年男子不由得拧紧眉头，轻轻推了推眼镜，而镜片上氤氲的雾气，则遮挡了那双深不可测的眼眸。

没错！他就是御堂世家的家主，御堂七海！

银灵幻影

I ·寻谜99人·

第三章 靠近·开始行动

俗话说：光阴似箭，时光如水。

有的时候，人们不得不与时间赛跑，甚至要想方设法突破时间的阻隔。因为，时间不会为任何人停留，更不会为任何人守候。

少年御堂浅，当然很明白这个道理，而少女姚纯汐，则在“昏睡”的潜意识中深深感受着一切。

偶尔，姚纯汐会苏醒过来，与“陌生的自己”展开对话。

“御堂浅，你要在我的身体里待多久？”

“抱歉，纯汐。这个我无法回答。”

“你……”

“放心吧，我一定会好好保护你的。”

“御堂浅，我不是这个意思，你到底明不明白？”

古人有云：男女授受不亲。就算御堂浅是个飘忽不定的幻灵，可他终归也是男生，姚纯汐作为一个元气美少女，怎么能被一个男生轻易占了便宜?

想到这里，姚纯汐更加愤愤不平，恨不得双手握拳，把御堂浅这个自作主张的家伙狠揍一顿，但她现在根本控制不了自己的身体，只能……只能无奈地瞪着眼睛，怒视御堂浅。如果目光能够杀死人的话，御堂浅应该早被千刀万剐了。

“纯汐，请再忍忍，我们的行动马上就会开始。”

御堂浅知道姚纯汐在担心什么，可他没办法做出解释，更何况，迄今为止，他连自己受到记忆驱动来找姚纯汐的内因都没弄清楚，又能说些什么呢？

现在，对他而言，最重要、最紧迫的事，是揭开御堂家的秘密，查明自己只能存在99天的缘由。

于是，御堂浅抬起手，覆在头顶上方，一团淡淡的金色光芒倾洒下来，慢慢地将“他”笼罩其中……很快，苏醒过来的姚纯汐闭起眼睛，再次陷入沉睡，也彻底结束了与御堂浅之间的谈话。

“纯汐，我不会让你等太久的。”

御堂浅深吸一口气，黑眸中迸射出一道锐利的光芒，带着志在必得的坚毅，迈步向雅丘学院走去。

阳光金灿灿的，从树叶的缝隙间筛落。

星星点点的光斑嵌在林荫道上，明晃晃的，随风飘散，摇摇摆摆，一会儿破碎，一会儿融合，一会儿向左，一会儿向右，宛若轻盈的舞者在翩然而动。

望着眼前的美景，御堂浅勾起唇角，幽幽地笑了。

自从变成幻灵，他便再也碰触不到这个世界的任何东西。而此刻，他伸出手去，能够感受到太阳的温暖，能够抚摸到绿叶的脉络，能够闻到空气中浓浓的花香……毫无疑问，这都有赖于姚纯汐的帮助，他从心底表示感激。

“嗨！纯汐！”

一只手突然搭上他的肩膀，他硬生生地怔住了。

回过头，映入御堂浅眼帘的，是一张带着甜美笑容的白皙脸庞，还有一双清澈如海洋般的蓝色眼睛。

这个女孩，御堂浅见过，她好像是纯汐的朋友，叫莫瑾。但不知为什么，这个女孩总带给他一种熟悉的感觉，不是那种凭记忆堆积出来的熟悉感，而是像相处了很久的家人般的熟悉感。

御堂浅定定地注视着莫瑾，从上到下打量着她，仿佛在寻找着什么。

莫瑾从没见姚纯汐这样过，不禁有些发蒙，歪着头向她摆了摆手："纯汐？纯汐，你没事吧？怎么了？我的脸上有东西？"

"没、没有。"御堂浅尴尬地笑了笑，习惯般地保持着他的绅士风度，朝莫瑾微微颔首道，"对不起，我刚才……"

"哎呀！你今天怎么怪怪的？跟我道什么歉呀？"莫瑾直接挽住"纯汐"的胳膊，亲昵地靠在她的肩膀上，小声说，"纯汐，我想求你件事。"

御堂浅愕然："什么事？"

"午休的时候，你陪我去趟学生会呗。"

学生会？

御堂浅轻轻挑眉，眸光黯淡下来。学生会，那正是他哥哥御堂守常去的地方，莫瑾的提议无非是给了他一个靠近哥哥最好的机会，他怎么能放弃呢？

"好，我陪你。"

听到这么干脆的回答，莫瑾反而张大嘴巴，愣住了。

"纯汐，你……你不是最讨厌去学生会吗？之前我求了你好几次，你都死活不同意陪我去，今天怎么一口答应了？"

哦？原来是这样啊！

御堂浅暗自在心里苦笑，生怕被莫瑾看出什么破绽。但话已经说出口了，他只能想办法补救，降低莫瑾的怀疑。

"我是不喜欢去学生会，可你自己也说求过我那么多次，我总拒绝你，感觉太不好意思了。反正学生会又不是龙潭虎穴，陪你去一趟也没关系。”

“哇！那就太棒啦！”

莫瑾的疑虑一扫而光，海水般的蓝眸充满笑意。

呼！

御堂浅不着痕迹地抽了抽嘴角，抬手抹掉额头的冷汗，自嘲地笑了笑。哈，原来在不明状况之下强迫纯汐帮忙，也是一件惊险重重的事情呢，必须速战速决，赶快从哥哥御堂守身上找到突破口才行。

午休时分。

御堂浅履行了自己的承诺，陪着莫瑾来到学生会办公室。据莫瑾所说，学生会近期要招聘一个新成员，莫瑾自告奋勇，想加入学生会。不过嘛，这个丫头的主要目的，是希望拉近自己与学生会会长御堂守的距离。

说起御堂守，他在雅丘学院的学生心目中，应该是个名副其实的完美存在。颜值高、成绩好、出身尊贵、举止优雅，无论做什么事，都尽善尽美，毫无瑕疵。尤其是绘画方面，可能是与生俱来的天赋吧，经常令同学们啧啧称赞。每一次，御堂守代表雅丘学院参加各类绘画大赛，都会将冠军收入囊中，仿佛那是理所当然的事。正因如此，学校领导还特意为御堂守配备了一间专用画室，供他平日里在学校练习使用。

这样近乎完美的少年，在青春少女的眼中，无疑是令人怦然心动的偶像。所以，几乎整个雅丘学院的女生，都是御堂守的粉丝，莫瑾也不例外。当然了，这其中并不包括拥有破影之瞳的姚纯汐。

姚纯汐不喜欢御堂守，反而有些惧怕他。

他虽然是御堂浅的哥哥，但两兄弟性格相差甚远。御堂守很像天边的寒星，灿烂夺目却遥不可及，而且越靠近他，越会感觉到冰冷的疏离。

来到学生会门口，莫瑾抬手敲了敲门。

“咚咚咚——”

“请进！”

里面传出熟悉的男声，御堂浅一下子就听出来了，那是他哥哥御堂守的声音。

莫瑾兴奋地推开门，拉着御堂浅走了进去。

果然。

御堂守坐在办公室里，正翻看着什么资料。见到两个陌生的女孩，他微微一怔，俊脸上的表情稍稍僵住了。

“你们是……”

“学长，我来交这个。”莫瑾赶忙回应，将准备好的个人简历递给了御堂守，“我一直想加入学生会，想为大家多做些事情。”

御堂守看也没看莫瑾的简历，直接放在旁边的一沓资料上，沉声道：“好，我们仔细研究后，会给出录用通知的。”

说完，条件反射般地，他又抬眼望向了“姚纯汐”。

“你呢？”

“我？”御堂浅刚才只顾着观察哥哥的举动，差点儿忘记了准备好的说辞，“我不是来申请加入学生会的，我……我是画了张画，想请教哥……呃……学长。”

此言一出，御堂守倒没什么太大的反应，莫瑾却当场惊呆了。

什么？画？

莫瑾扭过头，飞快地眨着眼睛，一脸困惑地看着“姚纯汐”。天哪！她刚才是不是幻听了？要不然，是太阳从西边升起来了？在莫瑾的印象中，好友姚纯汐最怕两件事，第一是体育课的长跑，第二就是充满煎熬的绘画。坦白说，从幼儿园到现在，已经有无数绘画老师对姚纯汐的画感到无可奈何……

而这些，御堂浅当然不知道。

御堂浅出身书画世家，他的绘画天赋比哥哥御堂守有过之而无不及。当他答应陪莫瑾来学生会之后，就趁着课余时间，匆匆画了一幅画，想作为靠近御堂守的媒介。

“学长，请看！”

御堂浅不知莫瑾为何一副怪异表情，暂时略过她，将画摊开在御堂守面前。

本来呢，御堂守没什么兴趣，但一见到这栩栩如生的画，他的薄唇竟罕见地向上翘起，琥珀色的眼眸中快速闪过一抹精光。

御堂浅暗自高兴，这表示，哥哥御堂守对他的画很感兴趣。

“画得不错，你叫什么名字？”

“姚纯汐。”

御堂浅故意说得很慢很响亮，希望御堂守能够牢牢记住。

“你学画画多久了？”

“呃……”御堂浅顿了顿，“也、也没多久，所以画得不太成熟，很想拜托学长，抽空指导指导我，可以吗？”

沉默，死寂般的沉默，在办公室里缓缓蔓延。

就在御堂浅以为失败了、准备放弃的时候，御堂守抬起眼睛，轻启薄唇，一字一句地说：“每天放学后我都会在画室里，你可以来找我。”

“谢谢！谢谢学长。”

没想到，御堂守居然答应了。

莫瑾站在旁边，目瞪口呆地看着这一幕，难以置信地冲上前，有些紧张地请求道：“学长，我也很喜欢画画，你愿意再多指导我一个吗？”

“对不起，我没有那么多时间。”

这一次，御堂守直截了当地拒绝了。

莫瑾嘟起嘴，不服气地嘀咕：“学长你偏心，纯汐能行，我怎么就不行呢？”

“她的画风，和我熟悉的一个人的画风很像。”

御堂守幽幽地说着，像是在解释，又像是自言自语，琥珀色的眼底竟渐渐染上了一层复杂难懂的情绪。

御堂浅默默地看着他，有些百感交集。

此刻，哥哥是在追忆他吗？可御堂家明知道他已经消失了，为什么不肯对外公开这个消息呢？其中的原因，哥哥是否清楚呢？如果哥哥还在乎曾经的兄弟之情，会不会将背后的真相告诉他呢？

这些疑问，御堂浅只能自己去找答案了。

不过……

离开学生会后，莫瑾一直在追问“姚纯汐”，为什么会画出那么棒的画。这时，御堂浅才知道，自己又在莫瑾面前“暴露”了。幸好，他及时找了个借口，再加之莫瑾的个性迷糊，也没深究，这事就算过去了。

接下来，每天放学后，御堂浅都会去御堂守的画室，在他的指导下画画。慢慢地，两人之间的关系拉近了，逐渐熟悉起来。

然而……

连续几天的观察，御堂浅并没有从哥哥身上发现什么异状。

有时候，他还会旁敲侧击地提起御堂家和御堂浅，借以试探御堂守的反应。可意外的是，御堂守的每一次回答都无懈可击，连御堂浅本人都差点儿相信，自己从来就没有“消失”过。

星期五傍晚。

天空阴沉沉的，冷风呼啸而过，乌云大朵大朵地压了下来。

御堂浅照旧去了御堂守的画室，但他没有立刻开始画画，而是走到御堂守身边，主动与他攀谈起来。

“学长，你的弟弟御堂浅去了哪个国家？”

御堂守刚拿起画笔，手一下子顿住了：“你怎么问起这个？你认识我弟弟？”

“不，我不认识。”御堂浅摇摇头，黑眸骨碌碌转动几下，“但我的朋友认识，他与你弟弟以前在同一所学校读书，最近去国外旅游的时候，刚好碰到了。”

“在什么地方？”

本能地，御堂守脱口而出，但很快意识到自己说错了话，又冷着脸补充了一句。

“我弟弟去了E国，可他向往自由，也常常去各地旅游。”

“哦，难怪了。”御堂浅故意拉长声调，不紧不慢地说，“我朋友前几天在Z国碰到了你弟弟，还以为他在Z国读书呢，原来是翘课去玩了。学长你每天这么用功，你弟弟却那么贪玩，亲兄弟怎么会相差这么远？唉，我都有点儿不敢相信你们是一对亲兄弟了。”

话音落下，御堂守猛地站起身，目光冷厉地盯着御堂浅，表情变得凝重。

破天荒地，他竟收起画板和画纸，向“姚纯汐”下了逐客令：“今天我还有事，你先回去吧。”

“学长，我……”

御堂浅还没来得及追问，就被御堂守推出了画室。

当然，御堂守自己也没有留下，而是锁好画室的门，步履匆忙地走开了。

“反常！太反常啦！”

御堂浅托着下巴，望着哥哥消失的背影，若有所思。难道，他刚才编的谎话，让哥哥产生了困扰吗？想想也是，原本消失的人，突然出现了，任谁都会大吃一惊吧。

"哗啦啦——哗啦啦——"

嘈杂的雨声打断了御堂浅的思绪，他赶忙回过神，发现外面已经下起了滂沱大雨。

雨幕密密麻麻，冒着茫茫雾气，像一条条从天而降的水龙，在空中咆哮而过。豆大的雨滴一颗颗砸落下来，冷冰冰的，带着清冷的寒意。

看样子，这场大雨短时间内不会停。

无奈之下，御堂浅只好发挥自己百米赛跑的速度，一路冒雨跑回姚纯汐的家。谁知，刚进房间，御堂浅就倒在地上，不省人事了……

当他重新睁开眼睛的时候，已经躺在了姚纯汐的床上。

"喂！御堂浅，你没事吧？"

头顶上方，姚纯汐的脸庞呈放大状，映入了他那双绿色的瞳眸。

"纯汐？你……"

御堂浅先是愕然，随即抬起手，去触碰姚纯汐的肩膀。如预料中的一样，他的手臂直接穿过了姚纯汐的身体，变成了虚无。

原来是因为那场大雨。

姚纯汐噘着嘴，皱起眉头说："御堂浅，我警告你，别想擅自做主霸占我的身体去使用了，我才不会再借给你呢。你这个不守信用的家伙，看我怎么……"

她的话还没有说完，御堂浅突然闭上眼睛，又迷迷糊糊地昏睡过去。

怎么回事？

姚纯汐怔了怔，不解地盯着御堂浅，轻声喊他："喂！御堂浅，御堂浅！"

糟糕！没有回应！

但是，御堂浅的脸色明显苍白许多，仿佛随时都会消失似的。

“御堂浅！御堂浅！你醒醒呀！”

姚纯汐紧张起来，担忧地“拍打”着御堂浅的脑门儿，可惜完全没有用。就像御堂浅碰不到她一样，她也触摸不到御堂浅。

“御堂浅，你到底是怎么了？”

“御堂浅！你快给我醒过来！”

在姚纯汐一遍又一遍的大声呼喊下，御堂浅终于再次睁开了眼睛。然而，他用沙哑的声音对姚纯汐说出的一句话，却让姚纯汐有种哭笑不得的无力感。

“纯汐，我发烧了。”

什么？发烧?

姚纯汐一脸无奈，哑然失笑，差点儿把自己憋出内伤。拜托，她真的没想到这位所谓的幻灵也会发烧。

好吧，好吧，御堂浅你做惯了大少爷，随便淋一场雨，就变得这么弱不禁风。不过，这似乎也从另一方面证明，御堂浅即使变成了幻灵，也是个特别的存在。

由于御堂浅病倒了，姚纯汐不得不亲自出马，去继续接近御堂守。

可是……

非常意外，自从那场大雨过后，御堂守一直没有去过他在学校的专用画室，害得姚纯汐白跑了好几趟。

这期间是不是发生了什么？又或者，御堂浅在借用她身体的时候，做过什么让御堂守选择逃避的事？姚纯汐想不明白，她决定回家后，向御堂浅问个清楚。

离校前，她还是不甘心，折返回去，来到御堂守的画室前。

“咦？门是虚掩的？”

姚纯汐顿时面露惊喜，透过窗口向里面望了望，搜索着御堂守的身影。谁知，就在她看到御堂守的瞬间，如遭晴天霹雳一般，直挺挺地呆立当场。

天哪！

御堂守竟然和御堂浅一样，变成了透明人！

银灵幻影

I

寻谜99天

第四章 古怪·深入调查

周围一片寂静，时间也仿佛停止了。

“扑通——扑通——”

姚纯汐似乎听到自己越来越快的心跳声。

透明人？

继看到御堂浅这个莫名其妙的幻灵之后，她又目睹了御堂浅的哥哥在光天化日之下变成了透明人！

这……这究竟是怎么回事？

跑！赶快逃跑！

姚纯汐心中有个声音一直在催促她离开，但她的双脚如同被巨石压住一样，竟无法动弹分毫。

突然间，她回想起御堂浅曾经说过的话。

“御堂家的人在这个世界里，本就应该……是幻灵。”

难道，这不是玩笑，而是真实的？

姚纯汐感觉自己快要疯掉了，心脏失控般地撞击着胸口，强烈的恐慌感仿佛随时都会将她吞噬。

不经意间，御堂守迈着沉稳的步伐走出画室的角落，似乎察觉到了什么，扭头朝窗口这边望了过来……

“唰——”

姚纯汐不知道哪里来的勇气和力量，以迅雷不及掩耳之势蹲了下来，刚好躲过御堂守的目光，姚纯汐因紧张和害怕而不得不大口大口地喘气。

透明人？

御堂家的两兄弟到底在搞什么鬼？

姚纯汐蹲在窗口下，努力平复自己的情绪，紧紧咬住嘴唇，生怕发出一点儿声音惊扰了御堂守。慢慢地，她的呼吸开始平稳，整个人也放松下来，但她不敢再冒险了，只好弓着身子、轻手轻脚地从画室门口挪开了。

她确定，自己刚才没有看错，御堂守确实变成了透明人。而这个惊天的发现，她必须原原本本地告诉御堂浅，说不定会对调查御堂家的秘密有所帮助。

一路跑回家，姚纯汐感觉体力要透支了，有种天昏地暗的眩晕感。直到整个人瘫软地趴在沙发里，她仍然满头大汗、气喘吁吁，说不出一句完整的话。要知道，跑步可是她的弱项呀！若非担心被御堂守发现，她是绝对不会拿狼狈奔跑来折磨自己的。

“纯汐，你怎么了？”

御堂浅自从淋雨生病后，就成为姚纯汐家的“常住客”。尽管姚纯汐三番五次想赶走他，可他却一直死缠烂打地恳求，一见到他那副楚楚可怜的模样，姚纯汐就狠不下心了。

姚纯汐抬起头，有气无力地说：“先让我休息会儿，我再告诉你一个惊人的发现。”

“惊人的发现？”

御堂浅饶有兴致地勾起唇角，缓步走到姚纯汐身边，优雅地坐了下来。他的绿眸淡然宁静，闪烁着灿亮的光芒，宛若洒满星辉的湖面，神秘莫测中又带着致命的魅惑。

有时候，姚纯汐会不知不觉对御堂浅的绿眸感到好奇。

那里面仿佛蕴藏着一缕缕的雾气，朦朦胧胧，深不见底，又如同两汪墨绿色的亘古泓潭，翻涌着层层漩涡，似乎时时刻刻都能将人吸进去。

当然，作为幻灵的御堂浅，那双绿眸也确实具有某种特殊的力量。最初姚纯汐遇见他的时候，他就差点儿用眼睛的力量困住姚纯汐。那种强烈的窒息感，姚纯汐到现在仍然记忆犹新，几乎变成梦魇了。

甩甩头，姚纯汐支撑着身体，从沙发上坐了起来。

御堂浅伸出手，本能地想去扶住她，却突然将手悬在半空中，自嘲地笑了笑。

“哈，我又忘记自己变成幻灵的事实了……”

听到御堂浅的话，姚纯汐的心底微微一颤，情不自禁地动容了。

虽然她对幻灵之类的东西毫无兴趣，甚至避而远之，但她和御堂浅相处的这段日子，竟出乎意料地很有乐趣。无论是彼此针锋相对的斗嘴，还是互帮互助的扶持，抑或奇奇怪怪的调查，都给姚纯汐一直以来的固有生活，带来了新的生机和趣味。

想到这里，姚纯汐扬起下巴，凝眸注视着御堂浅，轻声安慰他：“其实，你已经很幸运了。至少，你还能够在这个世界存在99天。”

“纯汐，你说错喽。现在，我只有90天了。”御堂浅笑得云淡风轻，已经从刚才的低落情绪中脱离了。

见状，姚纯汐长叹一口气。

奇怪！

她是不是脑袋短路了？怎么开始为御堂浅这个家伙担心了？

好了，好了，言归正传。

姚纯汐恢复体力后，将自己在学校专用画室见到的“怪事”一五一十地告诉了御堂浅，想听听御堂浅的意见。

这一次，御堂浅沉默了许久，才心情复杂地开口。

“纯汐，你的发现可能就是御堂家的秘密。”

秘密？

姚纯汐忽闪着眼睛，望着御堂浅，有些困惑地摇了摇头。

“御堂家的秘密，与你的突然消失有关系吗？”

“不知道。”御堂浅轻轻皱眉，俊逸的脸庞上浮现出一丝忧虑，“我变成幻灵后，无法再出入御堂家，会不会是因为……失去了身体，才会遭到某种排斥呢？”

姚纯汐站起身，托着下巴走来走去，认真思考着御堂浅的话。

不过……

左思右想好半天，姚纯汐还是否定了御堂浅的看法。

“退一万步说，就算你们御堂家本身都是透明的幻灵，也不应该彼此排斥。除非特别邪恶的家伙会欺负同类，其他人都是能够和平共处的。难道，你是个被家人深恶痛绝的邪恶幻灵？”

御堂浅哑然失笑，反问姚纯汐：“你觉得呢？”

“我不了解你，不予评论。”姚纯汐巧妙地避开了尴尬，继续分析道，“今天，你的哥哥御堂守虽然变成了透明人，但平日里他毫无异样，更不可能是幻灵。对了，你前些天和他相处的时候，有没有发生什么特别的事？”

御堂浅沉思了一会儿，摇了摇头说：“没有。他的言行举止和我印象中的完全相同，并无任何反常状况，只不过……”

“什么？”

“下雨那天，我在他面前故意说了谎话，去试探他。”御堂浅回想之后，认为哥哥御堂守唯一的非正常表现，就是那次交谈了，也包括他突然离开画室的举动。

但这样的试探，与透明人似乎没什么关系呀！

姚纯汐幽幽地叹气，脑袋开始不听使唤，变得越来越糊涂了。总之，目睹的事实告诉她，御堂守绝不是一个普普通通的少年，他的身上存在着诡异的谜团，或许会给雅丘学院的学生带来麻烦也说不定呢。

“纯汐，御堂家肯定有问题，我会再尝试着进入看看。而我的哥哥……”

“交给我吧。”姚纯汐第一次自告奋勇，“你哥哥是雅丘学院的完美偶像，粉丝多得数不胜数。我可不允许他这种来历不明的家伙，去伤害身边的同学！”

御堂浅无奈地解释道：“纯汐，我哥哥是御堂家的大公子，并非来历不明。”

“难说哦！反正你们整个御堂家都奇奇怪怪的，什么信息也查不到，会不会真的来历不明呢？”

御堂浅笑了笑，竟哑口无言，反驳不了。

与此同时。

他脑海中仅存的那些记忆碎片，也仿佛在提醒他：姚纯汐的分析不仅有道理，还很可能是正确的。

御堂家。

宽敞洁净的院子里，耸立着一座纯白色欧式建筑风格的房屋。高高的围墙内侧，盛开着一大片血红色的杜鹃花，清风吹过的时候，枝叶和花瓣悄然摆动，在草坪上洒下零零碎碎的剪影。

院子中央，是一个六角形的喷水池，里面的假山造型独特，与一株株环绕的白莲相得益彰。池水澄澈，波光粼粼，不时会有水花从假山的缝隙间飞溅，一颗颗水珠反射着太阳的光芒，美得如梦似幻。

“吱呀——”

深棕色的金属大门缓缓打开，一辆黑色高级轿车驶入了院子。当车停下后，身穿雅丘学院校服的御堂守从里面走了出来，径直迈向那座纯白色的欧式房屋。

“父亲，我回来了。”

戴着金丝边眼镜的中年男子端坐在客厅的沙发里，手中拿着一本绘画杂志，听到门口的响动后，慢慢抬起了头。

“来！坐这里，我有话说。”

中年男子放下杂志，拍了拍自己身边的位置，向御堂守示意。

闻言，御堂守没有出声，迈步走了过去，但随着距离的逐渐缩短，他的眉头也慢慢皱了起来：御堂七海，名义上的御堂世家家主，也是御堂守和御堂浅的父亲。表面上，御堂七海是个儒雅的中年绅士，而实际上，几乎没有人能够看清他的真面目。

“父亲，什么事？”

御堂守坐下来，声音清冽地问道。

御堂七海习惯性地推了推眼镜，似笑非笑地望着长子：“最近，你的身体恢复得怎么样了？”

“还好，已经没事了。”

这句话，御堂守下意识地做了保留。他没有将自己在学校专用画室变透明的事情，告诉御堂七海。

“哦，这样啊……那我就放心了。”御堂七海笑着点点头，藏在镜片后的双眼突然闪现出一抹精光，“不过，你一向做事谨慎，多年来将自己保护得非常好，没出过任何差错。这一次怎么会这么冲动呢？你难道不清楚雨对我们来说，是最危险的禁忌吗？你那天竟然冒雨回家，是不是发生了什么不好的事？”

御堂守转过身，挑眉注视着御堂七海，琥珀色的眸子渐渐暗沉下来。

“是的。”

他坦言，迅速移开了视线，掩盖住内心的情绪波动。御堂守当然知道，这个父亲深不可测，越是与他正面交锋，越会输得一败涂地。因此，适时地以退为进，反而会更安全、更有效。

“那天，我听到了御堂浅的消息。”

“什么消息？”

很明显，御堂七海对此颇有兴趣。

“据说，有人在Z国见到了他。”御堂守想起了“姚纯汐”的话，却不知道那只是御堂浅用来试探他的谎言。

“Z国？”御堂七海微微一怔，表情出现了一丝罕见的波动，“他现在能够自由移动，去哪里都不算什么。但你确信，真的有人‘见’到了他？”

言辞间，御堂七海特别强调了“见”这个字。因为，对御堂浅那个幻灵来说，普通的人类是根本看不到他的。

其实，御堂守也在怀疑这一点。可想来想去，他与姚纯汐之前素不相识、无仇无怨，姚纯汐没有理由欺骗他。

“是的。”

御堂守的肯定回答，令御堂七海犯了愁。

他沉默几秒，再次看向御堂守，叮嘱道：“如果这是真的，我们必须更加小心了。御堂浅毕竟不是普通人，尤其是他觉醒后的强大力量，足以颠覆我们御堂家。看来，这件事无论是真是假，都要向大祭司汇报了。”

御堂守轻轻点头，认可了御堂七海的决定，俊脸上却毫无波澜。

仿佛又想起了什么，御堂七海若有所思地说：“大祭司早已感应到，光王就在你就读的雅丘学院。而你潜伏在雅丘学院这么久，始终没有发现吗？”

“嗯，还没锁定目标人物。”

御堂守并非敷衍，他想寻找光王的心愿比御堂七海更加迫切，只是很奇怪，雅丘学院的学生和老师，他都做过调查，竟没什么进展。

对此，御堂七海也很苦恼。

大祭司那边一直在催促，红罗小姑娘三天两头就来御堂家“拜访”，令他相当无奈。按理说，御堂浅已经开始觉醒，光王不应该毫无动静，背后会不会出了什么问题？

“这样吧，你专心查找光王，其他事我来处理。”

听到御堂七海的指令，御堂守只回应了一个字：“好。”

尽管父子俩坐在一起，但没有人能够知道，他们彼此的心思正在越来越远，各自盘算着各自的意图。

御堂家有御堂家的行动，姚纯汐也有姚纯汐的计谋。

她和御堂浅商量完毕后，第一次真真正正下定决心，要帮助御堂浅完成99天内的寻谜之旅，揭开御堂家那不可见人的秘密。

其实呀，仔细想想，此事与她半点儿关系都没有，她完全可以不闻不问。

可谁让她总是那么充满正义感、富有同情心，见不得御堂浅那个家伙孤立无援却非要对抗御堂家的大魔王呢？

好吧，好吧，她干脆舍命陪君子吧！

御堂浅又几次试着进入御堂家，但结果不尽如人意。

那里明明是他曾经最熟悉、最依赖的地方，如今竟变成了他唯一无法触碰的禁地，实在太蹊跷了。

既然御堂浅失败了，想要探求御堂家的秘密，就得依靠姚纯汐了。

这一天，又到了去花店打工的日子。

姚纯汐不能在放学后去御堂守的画室，只好提前去询问他是否可以在午休时间指导她绘画。

本来姚纯汐不太有把握，还偷偷在心里编了几个借口，没想到……御堂守什么都没问，居然答应了她。

咦？这是不是太顺利了？

姚纯汐有些想不通，越来越摸不透御堂守的心思了。不过，她和御堂守之间的相处还算挺愉快的，只要御堂守不让她当场画画，她就有信心保持这种和谐的关系。

没办法，她真的不擅长画画呀！

每次去见御堂守拿的“画作”，都是她被逼无奈让御堂浅附身换来的。也就是说，那些画都是御堂浅画出来的，至于她自己嘛……对绘画既无天赋，又没兴趣，要不是为了接近御堂守，她才不会做这种自我折磨的蠢事呢。

“学长！学长！”

午休的时候，姚纯汐跑进画室，御堂守已经在等她了。

说起来，御堂守在接触姚纯汐之后，也对她的情况做了了解。相对而言，姚纯汐的家庭和生活都很简单，除了按部就班地上学外，她每周都会去花店兼职，其余空闲时间则宅在家里。

大概是自身和家里的情况太复杂，御堂守从心底更向往姚纯汐那样的生活。

或者就是这个理由，他才会允许姚纯汐一直留在他的身边吧？姚纯汐的性格，明明是他不喜欢的类型，可不知不觉间，他竟有些习惯她的存在了。

“学长，你看看这幅画！”

姚纯汐将御堂浅的新“画作”摊开在御堂守的面前。

御堂守见到画的瞬间，突然挑眉，深深地看了姚纯汐一眼。彼此目光相撞之际，姚纯汐莫名地有些心虚，不由自主地转移了视线，结果……

“啊——”

姚纯汐睁大双眼，望着画室的窗口，发出一声惊叫。

“怎么了？”御堂守也吓了一跳，顺着她的视线看了过去，犹疑地问，“是不是谁在窗口那里？你……”

姚纯汐抽了抽嘴角，只能哭笑不得地点头。

谁呢?

当然是那个神出鬼没的家伙——御堂浅！其实，她每天都能见到御堂浅，心里已经没有了彼此初遇时的紧张，甚至可以旁若无人、小心翼翼地交谈了。

但尽管如此，一个幻灵如恶作剧般地贸然出现，还是会带来不大不小的惊吓。

想到这里，姚纯汐扭过头，愤愤地朝窗口翻了个白眼儿。谁知，御堂浅根本不在意，缓缓扬起薄唇，笑着向姚纯汐招了招手。

与此同时。

御堂守也迈动脚步，警觉地走到画室门口，猛地拉开了门。

“谢谢哥哥。”

御堂浅趁机从门口“穿”了进来，说了一句只有姚纯汐能够听到的感谢。

姚纯汐耸了耸肩，似笑非笑地瞪着他，不忘低声反驳道：“你呀，连哥哥都耍，也真是够了。”

“开个玩笑，轻松一下。”御堂浅的笑意加深，绿眸闪闪发光。

姚纯汐无奈地叹气："唉，真是被你打败了。"

当一人一幻灵正在兴致勃勃交谈的时候，站在画室门口的御堂守似乎也发现了什么，身体向外探出，定定地注视着走廊左侧，厉声质问："你是什么人？"

银灵幻影

I ·寻谜99天·

第五章 新生·诡异事件

画室内外静得出奇，一缕缕光影随风晃动。

空气稍稍凝结，四周隐隐充斥着一种压迫感。

其实，御堂守的声音很平稳，不高也不低，却带着一抹孤傲冷厉的气势，在静默氛围的笼罩下，显得有些突兀。

姚纯汐和御堂浅站在画室里，并不知道外面发生了什么。不过，从御堂守的质问和举动来看，应该是有人“打扰”了他。

“学长！什么事？”

姚纯汐作势要跑上前，准备瞧个清楚。

谁知——

她刚刚抬脚，御堂浅就“挡”在她的面前，急切地朝她摆了摆手。

“纯汐，不要出去。”

“呃……”

姚纯汐正处于“金鸡独立”状态，听到御堂浅的话，差点儿尴尬地摔倒。幸好御堂守没有回头，否则见到这一幕，估计会觉得她在“抽风”吧。

“为什么不能出去？”

姚纯汐压低声音，不解地盯着御堂浅。

御堂浅皱了皱眉，绿宝石般的眼眸中浮现出一丝少有的慌乱。几乎是条件反射地，他伸出手来，想要将姚纯汐护在自己身后，只可惜……他是个幻灵，始终无法碰触到她。

“纯汐，我说不出怎么回事，但我能感应到危险。”

危险？

难不成外面的走廊里站着一个巨大的怪兽吗？

姚纯汐怔了怔，虽然不愿完全相信御堂浅的话，但御堂浅的特殊感应能力，她也是无法否定的。更何况，御堂浅很少会露出如此担忧的表情，这……才是让姚纯汐感觉最不安的事。

同样地，对于姚纯汐的追问，一直选择沉默的御堂守，也很反常。

奇怪！

外面走廊里的人，究竟是谁呢？

坦白说，姚纯汐很好奇，也很困惑。好几次，她冲动地想跑到门口，把外面的状况看个清楚，但望着御堂浅紧皱的眉头和越来越苍白的俊脸，她只好忍住了。

然而……

该来的总会来，该面对的终要面对。

幽幽地，一个轻盈如风的声音飘入了姚纯汐的耳朵里。

“你好！我是新来的转校生。”

很显然，对方是在回答御堂守刚才的“质问”，可话语里听不出一丝一毫的胆怯，更没有其他情绪。

这一次，御堂守终于开口了。

“因为是转校生，不了解这里的规矩吗？”

“抱歉，我不太明白。”

对方笑了笑，迈动脚步向前走来，直到出现在画室门口，与御堂守面对面才停下。

“我刚到雅丘学院，正在参观校园，请问你说的‘规矩’是什么？”

御堂守漠然挑眉，冷冷地注视着对方，琥珀色的眼眸中清晰地映出了对方的模样。他和御堂浅一样，能够感觉到对方身上散发着危险的气息，而且……那是一种和御堂家的属性背道而驰的危险气息。

难道这个人……是御堂七海让他拼命寻找的光王？倘若真是这样，御堂守反而要掩藏好自己的情绪，暂时不能轻举妄动了。

“咳咳咳……”

姚纯汐突然假意地咳嗽了两声，打破了紧张的氛围。

她清了清喉咙，一边走向门口，一边解释道：“转校生不懂规矩没关系，毕竟才来到学校嘛，可以原谅。我告诉你哦，这间画室是御堂学长的专用画室，这栋独立的小房屋也是学长的私人空间，没有得到允许，其他同学是禁止靠近的。这下你该明白‘规矩’是什么了吧？”

说完，姚纯汐甚感得意地扬起下巴，黑眸闪闪发光，希望博得御堂守的好感。

没想到——

她的视线，竟完全被一张温柔含笑的面孔占据了！

那是一个长相非常俊美的少年。浅金色的头发轻轻随风而动，在额前洒下一道道整齐的剪影；深褐色的瞳眸流转着柔和的波光，清澈明亮，又带着几分神秘。他的笑容很绵软、很轻盈，就像拂面而过的春风一般，令人莫名地想要去靠近……

少年定定地注视着姚纯汐，薄唇向上慢慢扬起，勾勒出一道月牙般的浅弧，饱含的笑意也在缓缓加深，令人难以捉摸。

“你好！我是慕琉冰。”

少年主动做了自我介绍，谦恭地与姚纯汐握手。

姚纯汐愣了一下，然后才伸出手去：“呃……你好，我叫姚纯汐。”

彼此掌心相触的那一刻，姚纯汐的心跳突然“怦怦怦”地加速跳动。

怎么回事？她明明是第一次见到慕琉冰，为什么会对他产生一种似曾相识的感觉呢？而且，越是看着他，这种熟悉感就会变得越强烈，如同润物的春雨，逐渐沁入她的心底，在她的身体里不受控制地蔓延起来……

慕琉冰？

这个名字很陌生，姚纯汐是第一次听到。

但是，慕琉冰带给她的熟悉感，却又那么真实，那么亲近，让姚纯汐不由自主地想多看他几眼，想更深入地去探究他的一切。

奇怪！

为什么会这样？

姚纯汐怔怔地望着慕琉冰，手心的温度越升越高，仿佛一股无形的暖流在慢慢环绕着她，令她渐渐沉醉其中，莫名地失神了。

“纯汐！纯汐！纯汐？”

御堂浅不知何时飘到了姚纯汐身边，急急地呼喊着她，无数次穿梭来去，想将姚纯汐和慕琉冰握在一起的手扯开。

“哦！我……”

姚纯汐回过神，正准备回应御堂浅，竟见到他那透明的身体在慕琉冰前面飘来飘去，只好硬生生地将“听到了”三个字吞在了喉咙里。

然后，姚纯汐尴尬一笑，赶忙将自己的手抽了回来。

慕琉冰似乎察觉到了什么，只是礼貌地点头笑了笑：“姚纯汐，真是个好名字，很高兴认识你，以后我们会常常见面的。”

咦？常常见面？

姚纯汐怔了怔，脸上的笑容有些僵硬，心里涌起一股奇怪而微妙的感觉。

其实呢，看着慕琉冰，她大概能猜得出来，以他近乎完美的容貌和彬彬有礼的举止，应该很快就能在雅丘学院俘获一众粉丝，迅速成为仅次于御堂守的校园偶像。不过，姚纯汐最怕与偶像级人物相处了，一般都会敬而远之，所以……常常见面什么的，她权当慕琉冰在说客套话，习惯性敷衍而已。

“这位同学，现在应该知道‘规矩’了吧，请离开。”

御堂守紧皱眉头，露出一丝明显的不悦，直接开口驱赶慕琉冰。

慕琉冰看了御堂守一眼，不怒反笑，很有风度地点了点头，和御堂守擦肩而过。转身的瞬间，他还不忘抬起手，和姚纯汐告别。

直到慕琉冰完全消失在视线中，御堂守才关好画室的门，走了进来。

他的脸色不太好，目光有些冰冷，坐在画板前面，久久没有动弹。姚纯汐困惑地眨着眼睛，悄悄看向陪在自己身边的御堂浅，一会儿挤眉弄眼，一会儿指手画脚，示意御堂浅去揣度他哥哥的想法。

御堂浅无奈地耸了耸肩，刚要朝着哥哥走去，御堂守竟突然讲话了。

“那个慕琉冰，你尽量离他远些。”

御堂浅一愣，随即明白过来，哥哥是在提醒姚纯汐。

姚纯汐也是一愣，没想到御堂守会说出这样莫名其妙的话。以她对御堂守的了解，这个冷面美少年只喜欢独来独往、我行我素，很少会在意其他人、其他事，而刚才那句近乎命令式的“提醒”，是否代表着他对姚纯汐的关心呢?

“学长，你的意思是……”

“小心慕琉冰！”御堂守猛地提高声调，看着姚纯汐道，“别问那么多，按我说的去做就够了。”

姚纯汐苦笑着叹了口气：“嗯，我知道了。”

不过……

对于御堂守的固执和霸道，姚纯汐可一点儿也不敢恭维。如果每天都要战战兢兢地与他相处，那她宁愿离御堂守远远的。

“这次我支持哥哥，你要防着慕琉冰。”

御堂浅也在姚纯汐身边，说出了相同的话。

姚纯汐没有出声，而是轻轻扭过头，若有所思地看着御堂浅。此刻，御堂浅那双淡绿色的眸子，已经缓缓加深，变成了幽暗的墨绿色，且凝结着慑人的寒霜，越发深不可测。

姚纯汐知道，这是一种危险信号。

看来，慕琉冰这个转校生的出现，对御堂兄弟的影响不小。事实上，姚纯汐自己见到慕琉冰之后，也笼罩在困惑里。诚然，今天是自己与慕琉冰第一次见面，可不知为什么，慕琉冰带给她的感觉，就像一个相处了很多年，与自己极为熟悉的……老朋友。

而御堂兄弟对慕琉冰，比姚纯汐显得更加谨慎和警觉，内心也更加复杂。御堂守觉得，慕琉冰很可能是他正在寻找的光王，不得不对他多加防备。御堂浅对慕琉冰的感觉更糟糕，他总觉得慕琉冰的身上带着一种说不清、道不明的破坏力，让御堂浅无法靠近，又无法逃避。犹如坠入万丈深渊一般，隐隐感受到某种致命的威胁。

由此可见，这个慕琉冰绝对不简单。

他的突然出现，或许会带来很多意想不到的麻烦。

对御堂浅，抑或姚纯汐，乃至整个御堂家族来说，身份不明的慕琉冰都是一个潜在的威胁。

他究竟是什么人?

来到雅丘学院的目的，又是什么呢?

10天后。

姚纯汐身边发生了两件看似平常却又不可思议的事。

正如姚纯汐预料的那样，慕琉冰这个转校生在短短一个星期之内，人气迅速蹿升，变成学校里人人皆知的钢琴王子，一时的风头甚至盖过了御堂守，直接登上了雅丘学院偶像排行榜的第一名。

对此，御堂守并没有在意，因为他的关注点是慕琉冰个人，而不是他的偶像光环。当慕琉冰在雅丘学院掀起偶像风暴的时候，御堂守更像个若无其事的旁观者，似乎在耐心等待着什么。

果然。

慕琉冰很快就接二连三遭到了意外，惹得不少同学议论纷纷，私下传言这些意外是御堂守因妒忌慕琉冰而派人去做的。

这……这是真的吗？

姚纯汐的第一反应就是：假的！胡说的！不相信！要知道，御堂守作为雅丘学院固有的完美偶像，早已在众人心目中烙印下了属于他的独特魅力。就算慕琉冰一时之间人气飙升，也很难撼动御堂守长期以来建立的庞大粉丝群。更何况，御堂守完全没有和慕琉冰一争高下的意向，又何必费心费力、偷偷摸摸地派人去伤害慕琉冰呢？

只不过，学院里的很多同学，都被表象所迷惑，纷纷拥护慕琉冰，诋毁御堂守。但御堂守秉持着清者自清的心态，任由流言越传越离谱，连一句解释都没有，这反而让大家越发好奇了。

其间发生的第二件事，更让姚纯汐感到难以置信。

她听说之后，整个人都惊呆了：除御堂守被谣言中伤以外，幻灵少年御堂浅，竟然也在这段时间遭到了莫明袭击！

夕阳西下，傍晚的彩霞映红了天际。

又一天过去了，姚纯汐背着书包，走向雅丘学院的校门。今天是她做兼职的日子，店长大叔全家外出吃饭，特意叮嘱她要早些去花店值班。

“纯汐！”

她还没走出学校，御堂浅就迎面飘了过来。

其实呢，用飘这个字来形容御堂浅，一点儿也不恰当。他虽然没有实体，但言行举止一直很优雅，走路平稳淡定，笑容亲切随和，举手投足间尽显贵气，可想而知他原本肯定也和哥哥御堂守一样，是很多人追随的完美校园偶像。

姚纯汐望着御堂浅，意兴阑珊地向他打招呼："嗨！你怎么又不请自来了？咱们约好回家见面的。"

从前段时间开始，御堂浅就登堂入室，变成了姚纯汐家的常住客。

最初的时候，姚纯汐确实很不习惯，也很不情愿，但慢慢地，她开始觉得两个人一起谈天说地，一起吵吵闹闹，一起看看肥皂剧，一起讨论新闻八卦……似乎也是件不错的事。

听到姚纯汐的话，御堂浅略显委屈地回答："可今天是你打工的日子，我要在家里等你很久，所以……我就提前来接你了，陪你去花店。"

"少找借口！"姚纯汐并不领情，果断地回绝了。

御堂浅无奈地笑了笑，绿眸泛起点点波光，扭头看着姚纯汐道："纯汐，你真是个特别的女孩子。刚才的话，如果我说给别的女孩听，她们一定会感动的，你怎么……"

"御堂浅，不要把我和你的那些粉丝相提并论。而且……"姚纯汐渐渐放慢脚步，突然狡黠地眨了眨眼睛，"以我对你的了解，你应该不是专门来找我吧？坦白从宽，你是不是去调查自己被袭击的事了？"

御堂浅明显吃了一惊，定定地注视着姚纯汐，好半天没有说出话来。

不可否认，姚纯汐有着敏锐的观察力和洞悉力，甚至推测出了御堂浅的行踪。那么，他是不是小看这个女孩了？当初，御堂浅凭借着破碎的记忆找到姚纯汐，只是单纯地认为，她拥有一双破影之瞳，能够帮助他解开谜团。而现在，姚纯汐的个人能力超出了他的想象，也许在不久的将来，他们会成为很合拍、很默契的搭档呢。

“怎么？不准备说说吗？”

姚纯汐从御堂浅的表情中，确定了自己的推断。

御堂浅皱了皱眉，敛退笑意，一本正经地说：“没错！我去查过一些情况，但不仅仅是我自己的事，还包括……慕琉冰。”

“慕琉冰？”姚纯汐微微一怔，“你是说他所遭遇的意外？”

御堂浅没有否认，面色凝重地点了点头。

姚纯汐似乎察觉到了什么，挑眉追问：“难不成，慕琉冰遭遇的意外真的与你哥哥无关？”

“是的！”

御堂浅脱口而出，毫不迟疑。

姚纯汐当场愣住了，脚步也停了下来，嘴巴张得大大的，难以置信地望着御堂浅。

怎么回事？她好像更糊涂了。

御堂浅抬起手，覆在姚纯汐的头顶，尽管触摸不到，但还是希望能给她一些安慰，让她从震惊中平静下来。

“那些发生在慕琉冰身上的‘意外’，我曾目睹过整个过程。虽然最终的结果，是慕琉冰受了伤，但所有的伤，都是他自己造成的！我哥没有派人去找过他，更没有派人伤害过他，一切都是他自编自演的。”

什么？这……这是真的吗？

姚纯汐叹了叹气，不解地问：“慕琉冰为什么要那样做？”

“抱歉，这只能让他自己回答了。”御堂浅若有所思，眸色缓缓加深，“不过，他制造出这些意外后，雅丘学院的言论风向对我哥哥是越来越不利了。就算他没有明目张胆地陷害我哥哥，也巧妙地将我哥哥推到了风口浪尖上，自己反而坐收渔利了。纯汐，从第一次见到慕琉冰，我就提醒过你，他是个危险的……”

“我没有忘记，也不会忘记。”

说完，姚纯汐重新迈开脚步，向前走去。

可不知为什么，每当姚纯汐想起慕琉冰那张温柔含笑的面孔，她的心底就会涌起一股微妙的熟悉感，甚至……还会不受控制地牵挂他，担心他。当然，这些话，这样的感受，她不可能说出口，更不可能告诉御堂浅。随后，御堂浅又将他自己被袭击的事，做了个大概的分析。

对于幻灵来说，能够看见他并攻击他的，必然是他的同类。而且，御堂浅与对方交锋后发现，他本身的力量在攻击者之上，也没有受到什么伤害，估计这次所谓的袭击只是意外罢了。所以，御堂浅并未太过留心，也没有多做防备。他权当是一次巧合，一次恶作剧，过去就算了。

听完御堂浅的判断，姚纯汐也表示了赞成。

不管怎样，御堂浅的特殊性摆在眼前，是谁都无法否认的。袭击幻灵？这可不是常有的事，更不是随随便便什么人就能办到的事。

唉，这么复杂的东西，姚纯汐压根儿没想多了解，只希望简简单单地生活。要不是她有一双能够看到不明物体的眼睛，她的生活应该会更普通、更平凡才对。可有的时候，在现实条件的束缚下，每个人都会身不由己，只能不断改变，去适应环境。

“我这是怎么了？”

姚纯汐讪讪一笑，自嘲地抽了抽嘴角。

来到花店后，她连续做了几个深呼吸，用力甩了甩头，抛开所有的烦忧和困扰，无视跟在身边的御堂浅，专心去照顾店里的花花草草。花草虽然不能与她交谈，却会让她感到身心愉悦。每当在花店的时候，姚纯汐都会给店里的鲜花拍照，并非想发在朋友圈炫耀，只是希望借助花朵给别人带去一份美好的喜悦。

花店里静悄悄的，阳光从玻璃窗照射进来，洒下一片碎金般的光芒。没过多久，一阵悦耳的风铃声响起，有客人来了。

“欢迎光临！”

姚纯汐抬起头，向花店门口望去。逆光中，一位金发少年朝她缓缓走来。他的笑容清浅柔和，双眸如星辰般灿亮，流转着淡淡的波光，带给人一种暖暖的感觉。

“纯汐，你好！我们又见面了。”

听着如此亲昵的称呼，姚纯汐有些哭笑不得。当初，御堂浅自作主张接近自己。而现在，慕琉冰似乎也和御堂浅一样，很喜欢和自己套近乎。

“慕琉冰同学，我们好像并不熟。”

“那有什么关系？”慕琉冰含笑望着她，信心十足地说，“纯汐，用不了多久，我们就会熟悉起来的。”

闻言，姚纯汐无奈地抽了抽嘴角。不过……始终静立在旁的御堂浅，再也看不下去了，淡绿色的眸子不断加深，变成了深深的墨绿色，里面氤氲着一缕缕冒着寒气的光芒，快速凝结环绕，成为利剑般锋利的冰链，笔直地飞向了近在咫尺的慕琉冰！

银灵幻影

I

·寻谜99天·

第六章

警醒·抽丝剥茧

夕阳的余晖，洒满玻璃窗。

小小的花店里，弥漫着一种紧张而肃杀的氛围。

“不行！快住手！”

见到御堂浅的举动后，情急之下，姚纯汐不顾一切地喊出声来。

好吧，她承认，刚才她心慌了、害怕了，连她自己也说不出是在保护御堂浅，还是在担心慕琉冰。总之，心里有个声音在告诉她，不能让他们中的任何一个受到伤害。

“纯汐，他不简单，我想试探他一下。”

御堂浅收回力量，面色逐渐恢复过来，向姚纯汐做着解释。

坦白说，从慕琉冰的身上，他能够感应到一种特殊的气息，但他没办法准确地表达出来，只是觉得这个人很嚣张、很危险。

姚纯汐听完御堂浅的话，心里涌起一股强烈的懊丧，恨自己太冲动了。那样没头没脑的一声大吼，如果被慕琉冰不断追问，她又该怎样给出合理的回答呢？

果然——

慕琉冰盯着姚纯汐，似笑非笑地问：“纯汐，你刚才的话……是什么意思？”

“呃……”姚纯汐顿了顿，有些无措，但很快冷静下来，指着花店外面一个恰好路过的小朋友说，“你瞧！刚才他趴在花店的玻璃窗上，用小拳头敲来敲去，我一着急想提醒他，所以……让你见笑了，请问要买些什么花呢？”

姚纯汐不知道自己找的借口能不能搪塞过去，只好越过刚才的话题，重新将慕琉冰拉到买花上面来。当然，她已经在心里对那个无辜的小朋友表示真诚的歉意了。

“哦，我想买花送给朋友，你帮我选一束吧。”

很意外地，慕琉冰没有继续追问，而是将他的视线从姚纯汐的身上移开，意味深长地看向了御堂浅所在的位置。

一股不祥的预感迅速攀升，御堂浅凝眸与慕琉冰对视。

慕琉冰静静地微笑，可那笑意冰冷漠然，并没有真正到达他的眼底。御堂浅目不转睛地观察着他，感觉从他身上散发出的危险气息越来越强烈了，甚至……有那么一瞬间，令御堂浅产生了短暂的眩晕。

慕琉冰，他究竟是什么人?

这是御堂浅第二次质疑慕琉冰的真正身份了。看似普普通通的学生，言谈举止也并无异状，但御堂浅认为，一切都是慕琉冰的完美伪装，他绝不简单!

“这束花可以吗？”

姚纯汐捧着一束漂亮的组合鲜花，递给慕琉冰。

慕琉冰不着痕迹地收回视线，笑着点头：“嗯，花很美，谢谢。”

“你喜欢就好，希望你朋友也能喜欢。”姚纯汐说着客套话，举着花束，再次递到慕琉冰的面前，可慕琉冰完全没有接过去的意思。

姚纯汐有些尴尬，眉头慢慢皱了起来。

当她快要坚持不住的时候，慕琉冰突然开口道：“纯汐，这花我想送给你，请收下我的这份心意。”

什……什么?

姚纯汐陡然一怔，身体微微颤抖，心中交织着惊喜和困惑，赶忙推辞道："不，不，谢谢你，但我不能收。"

慕琉冰稍稍有些吃惊，没想到自己会被当场拒绝。

"纯汐，无论你收不收，这花都是送给你的。"

说完，慕琉冰拿出买花的钱，放在柜台上，径直转身向花店门口走去。

没有人注意到，他嘴角上扬的弧度更大了，深棕色的眼眸里闪过一抹锐利的光芒。

"喂！喂！你的花，还有你的钱……等等！没找钱给你呢。"姚纯汐捧着鲜花，着急地追了过去。

奇怪！

这前后才短短几秒钟的时间，慕琉冰怎么不见人影了？

姚纯汐左右看了看，抬头见到御堂浅也是一副眉头紧锁的模样，低声问："你是不是发现了什么？慕琉冰，确实有些古怪。"

先不说其他，就凭这"神龙见首不见尾"的功夫，姚纯汐已经断定他不是普通人。

御堂浅沉默了一会儿，淡淡地说："他可能发现了我。"

"什么？"姚纯汐大惊，黑瞳缩紧，"你……你是说，他也和我一样，能够看到你？"

御堂浅轻轻摇头，俊美的容颜蒙上一层困惑："不，他和你不同。我不确定他是否看得到我，但他应该是……察觉到了我的存在。也许，更糟糕的，前些天我跟踪他的时候，他就起疑了。"

"如果真是这样，那你会有危险的。"

姚纯汐咬住自己的嘴唇，飞快地转动眼珠，做出了一个大胆的决定。

"御堂浅，你以后不要在慕琉冰面前出现了，我负责调查他。"

“你？”

姚纯汐坚定地点头：“没错！我是最合适的人选！虽然不知道他的目的是什么，但他一会儿陷害你的哥哥，一会儿探查你的行踪，都是针对你们御堂家，你还是置身事外吧。”

“可是……”御堂浅担忧地望着姚纯汐，“纯汐，我怕你有危险呀！”

姚纯汐笑了笑，满不在乎地回答：“如果我真的遇到危险，你就飞奔来救我好了。”

显然，这是一句玩笑话。

姚纯汐看得出来，御堂浅是在关心她，可越是这样，她越不想让他不安。而且，姚纯汐隐隐有种感觉，不管慕琉冰是什么人，都不会伤害她。

接下来，姚纯汐开始了她的“跟踪工作”。

在学校里，她几乎不需要做什么，因为慕琉冰的粉丝团能够时刻告诉她慕琉冰所在的位置。其实呢，他的校园生活很简单，除了上课，就是去音乐教室弹钢琴。

在这一点上，慕琉冰和御堂守有着几分相似，他们会不会是同一种人呢？

没有证据之前，姚纯汐不敢妄下结论，只能继续调查。

其中，最不可思议的是，相对于慕琉冰在学校的高调行事，御堂守这个曾独霸“校园偶像榜”的冠军，竟显得异常低调。

好几次，姚纯汐在画室里旁敲侧击地试探御堂守，明明知道慕琉冰在背后陷害过他，可他为什么宁愿被误会也不展开反击？而御堂守的回应，只有四个字：不屑一顾。

“真的假的？”

对此，姚纯汐半信半疑。

她知道御堂守很少在意别人的事，但慕琉冰应该是个例外。从他出现在雅丘学院开始，御堂守就提醒过姚纯汐，让她小心慕琉冰。这足以证明，御堂守对慕琉冰也是有所防备和忌惮的。

如果是别人向御堂守挑衅，姚纯汐相信，御堂守连看都懒得看一眼。可现在，那个人变成了慕琉冰，御堂守心中或多或少会有些动摇，所谓的“不屑一顾”大概只是自欺欺人的借口，御堂守似乎也在悄悄谋划着什么。

初夏的夜晚，清风柔和，空气中弥漫着淡淡的花香。

月亮不知何时躲入了云层，周围变得暗沉下来。

寂静的公园里，树丛茂密，随风摇曳。

少年和少女相视而立，路灯的灯光将他们的影子拉得很长很长。

“若道没来？”

少年的声音冷漠倨傲，侧脸轮廓近乎完美。

“非常抱歉，大祭司事务繁忙，实在抽不出空。”少女恭敬地向少年行礼，可爱的娃娃脸褪去了笑容，带着几分紧张，“红罗在此向您保证，一定会将您的吩咐一五一十地汇报给影之大祭司。”

良久，少年没有再出声，周围的气氛如凝结的寒霜一般，令人心惊。

红罗低着头，屏住呼吸，等待着少年的命令。她的长发在晚风中轻轻飘舞，犹如燃烧的火焰般炫亮，可她瘦弱的身体却因恐惧在发抖，额头也冒出了薄薄的冷汗。

呼！好紧张！

红罗跟在大祭司若道身边多年，是若道的使者和心腹。虽然若道生气的时候，她也会战战兢兢，但与眼前这个少年带给她的压迫感相比，她会无比庆幸自己的主人是若道。

“你回去告诉若道，按照约定，你们的王交给你们处理。”

“是！”

红罗一边应答，一边擦了擦汗。

少年没有看她，继续说：“我确定，两个王早已碰面，如果继续下去，结果必然会超出我们的控制。”

“那……”红罗顿了顿，试探般地问，“您说怎么做呢？”

“在他们的记忆和力量完全恢复之前，彻底处理掉！这是最快速、最有效的方法，也是一劳永逸的保证。”少年斩钉截铁地说着，没有丝毫犹豫。

红罗大口大口地喘气，额头又淌下了一串汗珠。

“请您放心，我回去后，马上向大祭司汇报。至于……我们的王，大祭司自会有他的安排，光王那边，不知您有什么消息和进展吗？”

少年瞥了红罗一眼，不屑地反问：“你们不是一直在查找吗？”

“是的，可惜……”

“一群蠢货！”

少年冷冷地脱口而出，吓得红罗又是一阵哆嗦。

“你回去吧，告诉若道，我这边不需要他操心。”

“是！”

红罗深吸一口气，如同拿到“特赦令”一般，抬手指向漆黑的夜空，划开一道漆黑的裂缝，匆匆忙忙离开了……

夜色深沉，树影摇动。

慢慢地，月亮从云层里闪现出来，洒下一片银色的光芒。

少年笼罩在月色之中，俊逸的脸庞渐渐变得清晰：金色的发丝，随风飘动；深棕色的眼眸，清冷淡然，不可捉摸；全身散发着“生人勿近”的凛凛寒气，就像冬日里的暴风雪一般令人瑟瑟发抖。

慕琉冰？居然是他！

公园外，一辆豪华轿车开走，随着车窗的上移，御堂七海那张深不可测的面孔，也逐渐淹没在夜色之中……

“哈哈！我知道他是谁了。”

御堂七海勾起嘴角，满意地笑了笑，金丝边眼镜后面的双眸紧缩起来。

幸好，御堂七海从御堂守那里得到消息后，没有立刻派人采取行动，否则就糟糕了。这个慕琉冰不是光王，而是……哈哈哈，看来，好戏还在后面呢。

御堂七海乘车离开后，躲藏在隐蔽处的御堂守，也悄悄走了出来。

月光照耀在他的身上，将他衬托得越发孤傲。

“父亲，您到底在做什么？”

御堂守将刚才公园内外发生的一切，清清楚楚看在眼里。他认识红罗，也深知大祭司若道对红罗的信任。但慕琉冰是什么人？居然能够与若道大祭司平起平坐，让红罗乖乖地听命于他？除了光王，还有谁会如此尊贵？

不过……

自从御堂守向父亲汇报了慕琉冰的情况，父亲就一直按兵不动。因此，御堂守也在私下里展开调查，对慕琉冰的身份产生了质疑。尤其是刚才父亲关闭车窗前说出的那句话，让御堂守更加坚信，光王另有其人。

御堂守沿着公园外围缓步离去，慢慢消失了踪影。周围的一切都很寂静，一切仿佛哑然失声。

正所谓“螳螂捕蝉，黄雀在后”，可能慕琉冰、御堂守和御堂七海，谁都没有想到，在他们相继离开后，还有人在暗中注意着一切。

她就是负责跟踪慕琉冰的——姚纯汐！

本来呢，今天在花店打工完毕，姚纯汐是准备回家的，御堂浅还专门来花店接她了。不过，莫瑾在花店订了一束花，晚上要送给她的奶奶。姚纯汐答应莫瑾，结束打工后，会亲自送到莫瑾家。

就这样，姚纯汐在御堂浅的护送下，将花束亲自交给了莫瑾。

回家途中，御堂浅突然头痛欲裂，非常难受，不得不先行回去。然后，阴差阳错地，姚纯汐走过公园附近时，见到了御堂守的身影。出于好奇，她一边跟着御堂守，一边小心翼翼地藏起来，也就正好目睹了发生的一切。

姚纯汐万万没有想到，平日里温文尔雅的慕琉冰，竟会变得那么冷酷，简直判若两人。而那个与他在公园里交谈的女孩，穿着奇怪、发色如火，还能够将天空划出裂缝后如鬼魅般消失不见……这一切太惊人、太诡异了！

看来，不仅御堂家有着不可告人的秘密，慕琉冰的身上也存在各种谜团。要想揭开背后的真相，她只能义无反顾地坚持下去了。

姚纯汐将她在公园里的偶然发现，如实告诉了御堂浅。

现在，她和御堂浅变成了真正的伙伴，也是能够互相信任的搭档。尽管一人一幻灵的组合很微妙、很另类，但仔细回想一下，所有怪人怪事的出现，似乎都是从御堂浅来找姚纯汐帮忙开始的。

换句话说，御堂浅变成幻灵后的99天，很可能会牵动或引发意想不到的“大事件”。

因此，姚纯汐觉得，御堂浅自身的秘密更重要。

“秘密？我吗？”御堂浅有些吃惊，摇头道，“纯汐，你是帮助我的人，我何必隐瞒你呢？我真的没有什么秘密。”

姚纯汐托着下巴，蹙眉思考，围着御堂浅绕圈圈，上下打量着他。

是的，她和御堂浅相处这么久，从没见他有过什么异常举动。更何况，掰着手指头算一算，御堂浅那宝贵的99天时间差不多流逝一半了，他确实没必要用欺诈的手段去浪费仅存的生命。

“御堂浅，我记得你好像说过，你找到我是凭借脑海中的记忆？”

御堂浅点头承认：“没错。我变成幻灵后，身体就变成了透明状，但意识非常清醒。所以我听到了我父亲和母亲的谈话，发现了其中的异样。可我还没弄清楚到底怎么回事，脑袋就突然剧烈地疼痛起来，混乱的记忆片段接二连三地浮现出来，断断续续，令我越来越糊涂。这时有个声音告诉我：‘限期99天，去找那个能够看到你的女孩，她会帮助你。’”

“所以，你就来找我了？”姚纯汐无奈地笑了笑，“御堂浅，你怎么能确定那个女孩就是我呢？”

御堂浅深深凝眸，胸有成竹地回答道：“除了你，别无他人。”

因为，很多年前，他们两个就已经相遇了。

正是在那个时候，姚纯汐得到了一双破影之瞳，而这段记忆，虽然并不完整，却在御堂浅的脑海中越来越清晰了。

“御堂浅，你为什么会失忆？”

“不知道。”

“那你找回的记忆中，有没有……”姚纯汐搓着双手，思考怎样表达她的意思，“这么说吧，你有自己为什么变透明的相关记忆吗？那个提醒你来找我的声音，是谁发出的？你在仅有的99天生命中，到底要做些什么？”

御堂浅怔了怔，俊脸微微僵滞，绿宝石般的瞳眸中流转着复杂的波光。他轻启薄唇，似乎想说些什么，又带着顾虑按捺住了。

见状，姚纯汐凑到他的面前，故作生气地道：“果然，你有事瞒着我。”

“不，不是的。”御堂浅挑眉苦笑，深深注视着姚纯汐，“其实，我自己也说不清楚怎么回事。最近几天，我总会在不经意间头疼，记忆也如潮水般涌来，我拼命想去回忆，但它们断断续续，无法连贯起来。所以，你刚才的问题，我回答不了。而那个提醒我的声音，如果我告诉你，我觉得那是我自己在记忆中留存的，你会相信吗？”

什么？

自己在记忆中提醒自己？这样的事，可能吗？

姚纯汐耸了耸肩，叹了口气。若非遇到那么多不可思议的事，她肯定会当场否决御堂浅刚才的话，但最近发生太多诡异的事情，她好像……好像什么都能接受了，哪怕有人说太阳会从西边升起来，她大概也不会去反驳了。

难道不是吗？

自从御堂浅这个家伙出现在她的身边，姚纯汐就失去了往日的平静，周围变得越来越怪异了。唉，回头想想，或许除了御堂浅之外，她自己那双能够看到不明物体的眼睛也是其中的一个秘密根源吧？

既然如此，她又有什么资格去质问或要求御堂浅呢？

“纯汐？纯汐？”

见到姚纯汐默然发呆，御堂浅有些着急了。

“纯汐，你还是在怀疑我？”

姚纯汐微微怔了怔，随即摇头：“不，没有。我只是觉得……你自身的秘密，可能比御堂家的秘密更多。”

“什么？”

御堂浅有些吃惊，明显愣了一下。

但他马上恢复过来，苦笑着叹了叹气。

“纯汐，你……也许，你说得没错。只可惜，我现在的记忆很混乱，断断续续、零零碎碎的，无法连贯起来，甚至连自己是谁都弄不清楚……”

望着这样无奈又无助的御堂浅，姚纯汐突然内疚起来，也更加同情他了。

“总之，御堂浅，你要小心一些。”

这次的谈话，在姚纯汐对御堂浅的叮嘱中结束。而说出这句话的时候，姚纯汐自己是无意识的，也不知道怎么回事，她就是感觉会有危险降临在御堂浅的身上，并出于担忧提醒了他。

不过……

姚纯汐心中的不祥预感，很快就变成了现实。

银灵幻影

I 寻谜99天

第七章 袭击·意外变化

初夏离去，盛夏来临。

时光在不知不觉间飞快地流逝，御堂浅仅有的99天生命也越来越短了。

每每想到这些，姚纯汐都会感觉闷闷的，鼻子有些酸涩。这么久的相处，她和御堂浅之间的关系，慢慢拉近了、亲密了，甚至……期待着就这样过下去，不舍得他离开了。

那么，御堂浅自己呢？似乎比姚纯汐乐观得多。毕竟，能够继续在人世存活99天，是命运之神对他的恩赐。一直以来，他怀着感恩的心，努力珍惜这最后的99天，是希望重返御堂家，不让自己留下任何遗憾。

然而……

那个他曾经最信任、最依恋的家，竟成为他最大的阻碍。御堂家的秘密，究竟是什么？父亲、母亲和哥哥，到底在隐瞒什么？这些疑问和困惑，在御堂浅和姚纯汐的调查过程中，始终没有太大的进展。难道，他们选择的目标和方向不正确吗？

御堂浅不禁有些动摇，趁着放学时间，去雅丘学院找姚纯汐商量。

今天姚纯汐不用打工，会到御堂守的画室学画画。哎呀，这个苦差事，可把姚纯汐折磨惨了，她宁愿冒险去跟踪慕琉冰，也不愿被困在画室里浪费时间。呃……更准确地说，她其实是强撑着自己，以免在御堂守面前打瞌睡。

盛夏的校园，草木茂盛，花香阵阵，傍晚的阳光依旧明媚绚烂。

姚纯汐背着书包，像只蜗牛似的，慢吞吞地朝御堂守的画室走去。下课前，好友莫瑾凑过来，非要让她跟御堂守要张签名画。姚纯汐的第一反应就是拒绝，可莫瑾那软磨硬泡的撒娇功夫，简直是天下无敌，姚纯汐只能乖乖地举白旗投降了。

“唉，我这不是自讨苦吃吗？”

姚纯汐边走边叹息，一脸郁闷的表情。因为呀，她本来是决定向御堂守告别的，并以此为理由，请求去参观御堂家的书画珍藏。如此一来，她既能帮助御堂浅探查御堂家的秘密，又顺便给自己心不甘情不愿的绘画学习画个圆满的句号，岂不是两全其美？

可现在，莫瑾的签名画怎么办？

明明不想跟人家学画画了，还非要人家的签名画，她这不是自己打脸吗？估计她的要求刚说出来，御堂守就会冷着脸赶走她。

“姚纯汐呀姚纯汐，你真够蠢的。”

她抬起手，敲了敲自己的脑袋，脚步放得更慢了。

这时，一个淡然如风的声音飘过她的耳际：“怎么会蠢呢？我觉得纯汐很可爱呀！”

姚纯汐吓了一跳，赶忙转身去看，视线中映出了慕琉冰那张笑脸。

“呃……是你？”

“很意外吗？”慕琉冰稍稍凝眸，笑意加深，“咱们同为雅丘学院的学生，当然会常常见面了，纯汐你要习惯才好。”

姚纯汐不置可否，挑眉盯着慕琉冰，不禁回想起那晚公园里的情景。

当时的慕琉冰，全身散发着冷酷的气息，宛若来自地狱的修罗一般，令人胆战心惊。而此刻，他竟然笑得那么亲切随和，就像熟悉的邻家哥哥般温暖……这样截然不同的两个慕琉冰，究竟哪一个才是真实的他呢?

每次见到慕琉冰，姚纯汐都会产生一种雾里看花、朦朦胧胧的虚幻之感。

他究竟是什么人?

这是姚纯汐在心中来来回回思索的问题。尤其是，那晚偶然在公园看到慕琉冰发号施令的冷漠姿态，更让姚纯汐对他退避三舍，想装作陌生人一般，时时刻刻远离他。

然而……

慕琉冰偏偏又是雅丘学院里一个特别的存在。

他转学至今，不仅一跃成为校园偶像，而且平易近人、热情温柔，得到了老师和同学们的一致认可。据说，他很快就会代表学校去参加青少年钢琴大赛，以他近乎完美的实力，应该又会载誉而归吧?

不得不说，抛开他背后的那些秘密，慕琉冰确实是个光彩耀眼的少年。

“纯汐?纯汐?你没事吧?”

见她一直发呆，慕琉冰有些担心，轻轻地拍了拍姚纯汐的肩膀。

“咳咳……”姚纯汐假装咳嗽两声，以掩盖自己的失态，“我?没事，没事!刚才喉咙有点儿不舒服，现在好多了。”

慕琉冰笑了笑，安心地点点头，主动发出邀请：“如果纯汐你愿意，不如咱们一会儿去喝杯咖啡吧?听班里的同学说，附近有家咖啡店刚开业，环境幽雅，甜品也不错，要不要去试试?”

“谢谢你，但很抱歉，我要去画室学画画。”

“画室?”慕琉冰微微一怔，随即反应过来，“你是说，找御堂守学画画?”

姚纯汐毫不迟疑地回答：“是的。”

“纯汐……”慕琉冰欲言又止，眼底流转着某种复杂的情愫，用一种类似追忆的口吻幽幽地说，“我从没想过，有一天你会喜欢画画。纯汐，跟我学钢琴吧？不，你不用学，只要听我弹奏钢琴曲就好……”

望着有些失神的慕琉冰，听着莫名其妙的话，不知怎么回事，姚纯汐的心竟不受控制地揪痛起来。就像一只无形的手在一点儿一点儿，很慢很慢地，轻轻揉捻着她的心；一点儿一点儿，很慢很慢地，却真切地渗入她的骨髓里，令她隐隐有种窒息般的感觉。

为什么？

为什么会这样？

姚纯汐突然开始慌乱，本能地抬起手来，颤抖着覆在自己的心口上。她说不出这是怎么回事，只觉得耳畔嗡嗡作响，仿佛有什么东西在背后推着她，让她不由自主想去靠近慕琉冰。

“那个……抱歉，我要去学画画了，再见。”

姚纯汐移开目光，闪躲着慕琉冰的视线，匆匆忙忙跑开了。

奇怪！

她第一次见到慕琉冰，就有种似曾相识的感觉，如今这种感觉更加强烈了，好像彼此是多年的老朋友一样。但是，在她的印象中、她的记忆里，根本没有慕琉冰的存在呀！

怀着疑惑的心情，姚纯汐长长地舒了一口气，继续向画室走去。

“纯汐！”

才迈出几步，御堂浅就飘到了她的面前。

“你怎么又来了？”姚纯汐皱着眉，噘起嘴，警告御堂浅，“你自己说过的，慕琉冰能够察觉到你，你还偏往火坑里跳！告诉你，他刚刚还在这里呢。如果被他发现，你会有危险的。”

姚纯汐虽然看不透慕琉冰，但那晚公园里她亲眼所见的一切，时时刻刻在提醒她：慕琉冰本身就很古怪、很危险，不能让御堂浅靠近他。就是因为这样，她才会故作生气地警告御堂浅，其实是想保护他。

御堂浅当然看得出来，姚纯汐是在担心自己，不由得抿唇笑了笑。

“谢谢你，纯汐，我会保护自己的。”

“御堂浅！我不需要你的感谢，我……”姚纯汐跺了跺脚，有些激动地伸出手去抓御堂浅的胳膊，借以表达她的无奈。

如果在平时，姚纯汐几乎很少这样做，明知御堂浅是个触不到的幻灵，她又何必多此一举呢？今天她是被气晕了，才会迷糊地将御堂浅当成普通人。

然而……

出乎意料地，姚纯汐这次竟摸到了御堂浅的手臂！尽管仍有些飘忽，但姚纯汐的手确实落在了御堂浅的胳膊上，没有像以前那样直接穿过去。

天哪！

幻灵居然慢慢有了实体？

姚纯汐目瞪口呆，愣愣地望着御堂浅，吞吞吐吐地问：“你……你不会是……”

其实，对于自身的意外变化，御堂浅也是一头雾水。

正如姚纯汐所说的那样，他已经变成了飘忽不定、四处游荡的幻灵，但隐隐约约地，这段时间御堂浅也察觉到了一些异状。有时候，他会在姚纯汐家不小心碰到什么东西；有时候，他的手脚竟然能够感知冷热和麻酥酥的疼痛……他之所以没有在意，是因为他走在人群里，仍然是无形、虚幻的，谁也看不见他。

“御堂浅，你到底怎么了？”

姚纯汐不停地追问，既有好奇，更饱含担忧。

御堂浅轻轻摇头，绿眸黯淡几分：“纯汐，很抱歉，我自己也不知道怎么回事。我今天来学校找你，就是想和你商量，能不能再让我附身一次。刚才的变化，究竟是好是坏，我无法判断。又或者，那是我即将……”

“不！不会的！”姚纯汐打断他的话，目光中带着万分的依恋，“御堂浅，距离99天的期限，还有……”

御堂浅摆摆手，苦笑道：“所谓的99天，是我自己的记忆告诉自己的。而我的记忆，早已支离破碎，这是多么天方夜谭的事，我竟然相信了！也许，99天只是一个自欺欺人的数字，是我记忆中的一个错误，而随着自身的变化，我可能很快就会消失了。所以，我必须抓紧最后的时间，弄清楚发生在自己身上的一切！”

“御堂浅，我答应你，但不允许你再说什么‘最后’！”

姚纯汐红着眼眶大喊，用力推开御堂浅，头也不回地跑开了。

姚纯汐知道的，一直都知道，自己和御堂浅分别的那一天迟早会到来，可她就是不希望御堂浅说出来，哪怕……哪怕到了99天的期限，御堂浅永远从她的身边消失，只要彼此都不说，她就能自欺欺人地告诉自己，他一直都在，一直都在……

来到画室后，姚纯汐的耳畔仍然回响着御堂浅的话。这让她失去了平日的冷静，有些焦躁不安。

原本计划好好的，她竟乱了章法，直接向御堂守提出要去参观御堂家。可想而知，御堂守会有多么吃惊，但姚纯汐顾不了了，她只想尽快帮助御堂浅完成他的心愿。

“你再说一遍？要去我家？”

御堂守眯起琥珀色的眼眸，上下打量姚纯汐。

姚纯汐点头道："是的。"

"不过，我们御堂家一向很少接待外人，你……"

"学长！"见御堂守要拒绝，姚纯汐急忙打断了他，思绪也渐渐恢复正常，"呃……是这样的，我听说御堂家有很多书画珍藏，甚至比博物馆还要丰富，我真的很想去看看，也让自己开开眼界。学长，你能答应我这个发自内心的请求吗？"

御堂守望着姚纯汐，沉默半晌，皱眉道："我不能立刻答复你，等我和父亲商量后再给你消息吧。"

"嗯嗯，谢谢学长！"

姚纯汐如释重负地笑了笑，抬眸望向窗外，阳光倾洒下来，笼罩着整个校园，看上去温暖而宁静。曾经，她的生活就是这样的，但御堂浅出现后，一切都变得不同了。

每个人都有自己的烦恼，幻灵也不例外。

御堂浅在雅丘学院目送姚纯汐离开后，心情一下子跌落到了谷底。回头想想，他和姚纯汐认识之后，还是第一次见她发这么大脾气呢。

其实，有些话，他埋在心里很久了，一直不敢说出口。

这短短的99天，如果能够重新来过，他会选择自己一个人待着，绝不会去打扰姚纯汐。现在想一想，当初他死缠着让姚纯汐帮忙，是个最自私的决定，不但将她卷入各种麻烦之中，还让她不得不面对离别的痛苦。

他知道，自己应该好好珍惜最后的时光，陪着喜欢的人完成未尽的心愿，直到真正离开的那一天。可人总会有欲望，总会不甘心，幻灵也一样。

御堂浅当然明白姚纯汐的担忧，更清楚地知道她发脾气的原因。若是能够改变命运，他比任何人都希望能继续陪在姚纯汐的身边，但离别到来的时候，他和她又能怎样呢？

“对不起，纯汐。”

御堂浅自言自语着走出雅丘学院，独自闲逛了很久，直到夜幕降临，才回过神来。

糟糕！

原来这么晚了，他必须立刻回家，否则，纯汐会更加担心的。

想到这里，御堂浅加快脚步，沿着最近的一条小路奔跑起来。他已经决定了，在自己剩余的日子里，无论发生什么，都会毫不动摇地陪着纯汐到最后。

跑着跑着，一团黑色的东西突然挡住了他的去路。

“嗷呜……嗷呜……”

黑色的东西发出阵阵嚎叫，趴在地面上，扭动着身躯，像蚯蚓一样。

御堂浅微微怔住，随即停下脚步，眉头紧皱起来。虽然不知道那黑色的东西是什么，但御堂浅能够从对方身上感应到危险的气息。

没错！

那东西的目标正是他！

“嗷……呜……嗷呜……”

黑色怪物又一次仰头大叫，两只圆圆的、小小的眼睛冒出了红光，长长的舌头从嘴巴里伸出来，像见到梦寐以求的猎物般，不停地吐着口水。

好恶心的东西！

御堂浅深深凝眸，脸色渐渐变得冰冷，全身散发出锐利慑人的气势。

他慢慢摊开双手，两道银闪闪的光束呈现出来，一点点伸展，最后竟变成了两把锋利的光剑！

望着亮晶晶的光剑，御堂浅又愣住了。

他大概感觉到了，自己的身体里似乎蕴藏着某种力量，可是……这力量怎么控制，这光剑怎么出来的，他都不清楚。最神奇的是，他现在握着光剑，不但没有一丝违和感和陌生感，还很得心应手呢。

“嗷呜——嗷呜——”

趁着他发呆的空隙，黑色怪物猛地蹿上来，向他发动了袭击。

御堂浅灵活地闪身、躲避，令黑色怪物扑了空。再回头时，他已经变被动为主动，率先举起银色光剑，劈向怪物的庞大身体！

“嗷……呜……呜……”

黑色怪物当场被砍倒，痛苦地呜咽着。

御堂浅几不可闻地叹了叹气，并没有继续上前，而是准备放它离去。谁知，御堂浅刚要迈动脚步，漆黑的夜空竟突然间被划开了一道道裂缝，更多奇形怪状的黑色怪物从里面钻了出来，将御堂浅团团包围了。

“嗷呜……嗷呜……嗷呜……”

黑色怪物们盯着御堂浅，兴奋地叫了起来。

御堂浅轻轻挑眉，环顾四周，赫然发现自己好像被困在另一个空间里，与外面的普通世界隔绝了。他记得，姚纯汐告诉过他，前几天在公园里，一个与慕琉冰交谈的奇怪女孩也是划破天空、从裂缝中消失的……难道，这些黑色怪物是那个陌生女孩派来的？可那个女孩和御堂浅无仇无怨、素不相识，为什么要派怪物围攻他呢？如此看来，这件事还是与慕琉冰脱不了干系。

现在，御堂浅的思绪有些混乱，想深入思考却没有机会。因为，黑色怪物们已经争先恐后朝他猛扑过来，瞪着猩红色的小眼睛、吐着湿乎乎的长舌头、扭动着软绵绵的身体，将他团团包围起来。

“唰唰唰——”

御堂浅快速挥舞光剑，如同闪电一般，劈向一只只黑色怪物。

可惜，它们的数量实在太多，而且夜空中的裂缝没有闭合，仍然有它们的同类前赴后继地爬出来。御堂浅就算有三头六臂，一个人也很难抵挡多如牛毛的黑色怪物，渐渐地败下阵来，双手中的两把光剑也开始飘忽闪烁，仿佛要消失似的……

见状，黑色怪物们吐着舌头，更加兴奋地扭动身体，紧紧缠住了御堂浅。

慢慢地，慢慢地，呼吸越来越困难，意识也越来越模糊……御堂浅笑了笑，用最后仅存的力量，睁开淡绿色的眼眸，回想着与姚纯汐从相识到相知的点点滴滴，将她最美的笑容烙印在自己的记忆里……

"纯汐，永别了。"

强烈的窒息感传来，最后一句话哽在他的喉咙里，被迫吞了回去。

下一秒，眼前瞬间变黑，他好像什么都看不到了。

"喂！喂！你醒醒！醒醒！"

隐约间，有个声音传入御堂浅的耳朵，是谁在喊自己吗？难道，刚才的一切都是梦吗？

御堂浅勾了勾嘴角，自嘲地笑了笑，缓缓睁开了眼睛。

漆黑的夜晚，漆黑的怪物，漆黑的战场……这分明就是他之前被黑色怪物群围攻的地方。

"喂，你还好吧？"

一个黑发黑眸，和御堂浅年纪相当的少年站在他的面前，挑眉询问他。

御堂浅怔了怔，点头道："嗯，我没事。"

不知怎么回事，那些缠绕在他身体上的黑色怪物都消失了，所以他才能恢复呼吸、恢复意识，重新"活"过来。

"你好！请问你是……"

少年听到御堂浅的话，咧嘴一笑："嗨！你好！我叫宿白，你可以当我是个见义勇为的……呃……侠客！"

侠客？武林高手吗？

御堂浅讪笑着摇头，没有再出声，反倒是宿白自顾自地说个不停。

"刚才我路过这里，看见你被一团团黑色的东西缠住了，就顺手帮你个忙，把那些脏东西收拾了。可我没想到，它们的数量还真多，打完了又来，打完了又来……我说你，是不是身上有什么磁场呀？怎么招惹了这么多的怪物呢？"

怪物？

他居然一眼就认定那些是怪物，并在短短的时间内，秒杀了它们！而且，他还能够看得到自己，和自己心平气和地交谈？

御堂浅眯起绿眸，充满戒备地盯着宿白，若有所思。

宿白，宿白……看似普普通通的高中生，他究竟是什么人？

银灵幻影

I ·寻谜99天·

第八章 朋友·机会降临

夜色渐浓，乌云蔽日，周围一片死寂。

空中那一道道被撕开的裂缝，翻涌着黑乎乎的雾霭，朦朦胧胧，迷离不清。

就在御堂浅和宿白交谈的这段时间，裂缝里又接二连三钻出了不少的黑色怪物。它们虽然拖着软绵绵、黏糊糊的身体，但好像也能进行简单的思考。譬如现在，因有过被秒杀的经历后，它们就不敢再贸然上前围攻了，而是瞪着猩红色的小眼睛，观察着御堂浅和宿白，伺机而动。

不过……

战斗讲究的是策略，敌人按兵不动，或许正是进攻的最佳时机。

御堂浅和宿白抬起头，互相给对方递了个眼色，然后就心照不宣地冲向黑色怪物，以迅雷不及掩耳之势，率先展开了攻击。

“唰唰唰——砰砰砰——”

御堂浅手中的光剑又蓄积了新的力量，比之前更加强大。

宿白有着一身非常厉害的拳脚功夫，正如他自己说的那样，动作干脆利落，出手快速又精准，果然是个“武林高手”。

在两人的默契配合下，黑色怪物群被打得落花流水，纷纷逃窜。最终，当这一拨黑色怪物全部被清除后，夜空中那些裂缝也慢慢关闭了。

下一秒。

四周恢复了光亮，不知何时被屏蔽的路灯的光线，也重新显露出来。

昏黄的灯光照耀在御堂浅的身上，他逐渐变得透明几分。缓缓抬眸，他意味深长地注视着宿白，想看看他此刻的反应。

如果说，刚才在被隔绝的黑暗空间里，宿白没有看穿他是个幻灵，那现在……他几乎消失在路灯之下，恐怕宿白就无法看见他了。

只是有些可惜，御堂浅很想亲口对宿白说一声“谢谢”，估计也做不到了。

“宿白，谢谢你！”

御堂浅看着宿白，露出一抹绝望的笑容。

“客气什么？应该的！”

宿白挑眉回望着他，目光清澈，没有丝毫闪躲，甚至……甚至大步走到了御堂浅的面前，主动向他伸出了手。

“互相认识一下吧？你叫什么名字？”

听到宿白的话，御堂浅如遭晴天霹雳一般，硬生生地呆住了。

他怔怔地，有些不知所措，试探般地问：“你……你能看到我？”

“咦？”宿白明显吃了一惊，“当然呀！你就站在我面前，我又不是盲人，为什么看不到你？”

御堂浅目瞪口呆地看着宿白，几秒钟过后，突然自顾自地笑了起来。

宿白不解地问：“怎么？你笑什么？”

“你很有趣。”御堂浅笑着回答。

宿白挠挠头，再次朝他伸出手来：“既然如此，咱们交个朋友呗！”

“好！我叫御堂浅，很高兴与你做朋友。”

御堂浅也伸出自己的手，却有些小小的心虚。就算宿白与姚纯汐一样，能够看得到他，但彼此碰触的瞬间，宿白一定会察觉到其中的异状吧。

果然。

宿白握住御堂浅的手时，不经意地僵了一下，用力看了他一眼。

“你……发现了？”御堂浅轻声问。

宿白皱了皱眉，点头道：“嗯，你的手很凉，像冰块一样。”

呃？什么？

御堂浅哭笑不得地看着宿白，只感无语。真的假的？究竟是宿白太过粗枝大叶，还是他在故意装糊涂呢？

“宿白，我实话实说吧。”

御堂浅心存疑惑，可他依然感激宿白刚才的帮助。不管宿白是什么人，至少他应该不会伤害自己。

“宿白，我其实是个幻灵。”

话音落下，御堂浅凝眸关注着宿白的反应。

无尽的沉默，在两个少年周围蔓延。

整整十几秒，宿白瞪大眼睛，直勾勾地盯着御堂浅，仿佛要将他看穿一样。

然后，宿白又抬起手，探向御堂浅的身侧，去摸了摸他的肩膀……

“哦？好像是有点儿不太一样。”宿白捏着御堂浅的肩膀，咧嘴笑道，“哈哈，感觉像果冻似的，一弹一弹的。你全身都这样吗？你是橡皮人？”

御堂浅一脸哭笑不得，他真是被宿白打败了。

“我不是普通的人类。”

御堂浅再次郑重地强调。

不过，他自己也很困惑，原本虚无的身体似乎真的渐渐在恢复呢。无论是在雅丘学院被纯汐抓住手臂，抑或此刻被宿白捏着肩膀，他的的确确感觉到了别人的触碰。

难不成，有一天他会恢复到从前的样子？

怎么可能？

御堂浅甩了甩头，绿宝石般的眼眸逐渐褪去了光芒，显得有些沮丧。当然了，他并不是针对宿白，只是为自己感到可悲。

但宿白误会了，以为御堂浅怕被他嫌弃，赶忙说："喂！御堂浅，你别这样，行不行？我才不在乎你是人还是幻灵，反正你这个朋友我是交定了！再说了，你这个家伙和人类也没什么区别，挺好！"

"宿白，你说真的？"

"当然！我从不撒谎！"

"你不怕我吗？"

"为什么怕你？"宿白得意地笑了笑，直接搂住了御堂浅的肩头，"不瞒你说，我还是第一次交到幻灵朋友呢，我觉得自己超级幸运、超有面子！对了，我在博城学院读书，你记得有空去找我玩哦。"

御堂浅望着宿白，点头答应："好。"

朋友？

御堂浅抿唇而笑，绿眸中流转着灿烂的光芒，心情也跟着变放松、变愉快了。他怎么都没有想到，当自己成为幻灵之后，竟然还能得到纯汐和宿白这两个朋友。或者，这就是他留在人世间99天的最宝贵的收获吧。

御堂浅和姚纯汐约定过，两人之间坦诚相待，不准藏有秘密。因此，御堂浅结识宿白的事，姚纯汐很快就知道了。

当然，姚纯汐的震惊程度比御堂浅本人有过之而无不及。尽管她不想去怀疑宿白的为人和目的，但在御堂浅被不明怪物袭击的时候，宿白突然出现且闯入了怪物隔绝的空间，是不是太巧合了？

于是，姚纯汐去了博城学院，偷偷打探宿白的消息。据说，宿白就是个普通学生，重感情、讲义气，学过武术，有着不错的拳脚功夫，很喜欢

“路见不平拔刀相助”，深受同学们的信赖，是个大好人。最重要的是，宿白身上从没发生过任何诡异的事情，与那些空间裂缝中钻出的黑色怪物也毫无关系。

呼！这下姚纯汐总算放心了。

可她在调查宿白的时候，隐隐发现，有人在跟踪她。

好几次，姚纯汐都感觉到背后凉飕飕的，似乎有一双眼睛在冷冷地盯着她。但是，等她转过身去，那种背后发寒的感觉又消失得无影无踪了。

对方会是谁呢?

最初，她想到的人是慕琉冰。可慕琉冰在她的面前，从来不会遮遮掩掩，自然更不屑于用这种低劣的手段了。其他人……坦白说，姚纯汐想了很久，仍然不得而知。

这天傍晚，姚纯汐刚要走入打工的花店，那种被人盯梢的感觉又出现了。

她猛地回过头，向周围望去——身后空荡荡的街道上，连个人影都没有，路旁来来往往的车辆，也是飞驰而过，没有停留的。

难道，刚才是她的错觉?

姚纯汐收回视线，默然皱了皱眉，推开花店的门走了进去。

不远处，一辆行驶在路上的豪华轿车逐渐放慢速度，从姚纯汐打工的那家花店前开了过去。坐在车里的御堂七海，推了推金丝边眼镜，若有所思地勾起唇角，笑意缓缓加深，眼底闪过一抹深不可测的锐利光芒。

靠着座椅，拿出手机，御堂七海按下了一串号码。

“喂！父亲？”

电话彼端传来了御堂守的声音。

御堂七海微眯眼睛，淡淡地问：“你之前不是说，有个同学想看看咱们家收藏的书画作品吗？”

“是的。”

“那么，抽空带她来吧。”

听到这句话，站在画室里的御堂守僵住了。

怎么回事？

前几天，他将这件事告知御堂七海的时候，御堂七海表示了强烈的反对，而且声色俱厉地提醒他，御堂家是非常特殊的存在，不准任何闲杂人等随便靠近！

但现在，御堂七海突然改变主意，打电话通知他带姚纯汐去家里，其间发生了什么呢？

御堂守的心中疑虑重重，可他一个字都没有多问。

“好，我会安排的。”

挂断电话，御堂守静默而立，慢慢皱起眉头，琥珀色的瞳眸紧紧凝缩，宛若深潭一般越发幽深难测。

他虽然看不透御堂七海，但他知道，御堂七海从不做没有把握的事。那么，御堂七海坚持让他带姚纯汐去御堂家，背后是不是隐藏着不可告人的阴谋呢？

御堂守自认为不是个热情的人，也不喜欢去管别人的事，可这段时间，他与姚纯汐的相处很融洽，觉得她单纯而坦诚，像潺潺流动的清水一般，没有任何复杂的心思。

如果这样一个无辜的女孩，莫名其妙被御堂七海利用而卷入危险之中，他会感到惭愧和歉疚的。

想到这里，御堂守放下画笔，收拾好画具，匆匆离开了画室。

他能够确定，御堂七海必然是在姚纯汐的身上发现了什么，才会一反常态地改变原来的主意。

既然如此，御堂守决定了，他要尽量多留在家里，时刻关注御堂七海的举动，看能不能找到什么蛛丝马迹，尽他之力去保护姚纯汐。

3天后，到了周末。

御堂守向姚纯汐发出邀请，希望她星期六晚上去御堂家做客，顺便欣赏御堂家的书画收藏品。

这是姚纯汐等了很久的机会，她当然毫不犹豫地答应了。而且，周六她是白天去花店打工，晚上去御堂家，正好没影响。

打工回来后，姚纯汐二话不说，立刻催促御堂浅附身。

“快呀！一会儿你哥哥就来接我了，这是你进入御堂家的绝佳机会。”姚纯汐站在御堂浅的面前，瞪着乌溜溜的大眼睛，郑重其事地提醒他。

自从上次发现御堂浅的身体变化，姚纯汐每天都在担心，生怕他会一下子彻底消失。

奇怪的是，随着99天期限的缩短，御堂浅的实体化越来越明显了。现在，姚纯汐不仅能够触摸到他，还能感觉到他微弱的体温。

只不过……

御堂浅的状况不够稳定，时不时地又会变为透明状，连他自己也无法控制。

“御堂浅！你在磨蹭什么呀？”

姚纯汐连续催促好几次，御堂浅都像木头似的，毫无反应。

这下姚纯汐着急了，直接抬起双手，捧住御堂浅的俊脸，一字一句地警告道：“你要是还不行动，我就把你从我家赶走！”

“纯汐，我……”御堂浅无奈地摇头，绿眸中充溢着暖暖的柔情，“你知道的，我现在的情况很特殊，如果附身于你之后，我自己却处于实体化状态，那……那你可能永远无法再回到自己的身体中了！最糟糕的是，若我完全实体化之后，会灰飞烟灭，你会变成无辜的陪葬者的！纯汐，你已经帮我够多了，我不能也不忍心将你置于更可怕的危险之中，你明白吗？”

姚纯汐微微一怔，随即爽快地点了点头：“我知道，这些我都懂。”

“你……”御堂浅欲言又止，眸底增加了几分疼惜，温情如水般流淌。

“我不怕。”姚纯汐笑了笑，坚定地说，“御堂浅，进入御堂家调查，是你最后的心愿也是最后的机会，我绝不会让你放弃的！呃……是的，也许你刚才的那些顾虑，有可能变成现实，但我相信你！御堂浅，去找出御堂家和你自身的秘密，解除笼罩在你周围的危机，把我从附身状态中救出来，我会等你的。”

御堂浅定定地望着姚纯汐，望着这个面带微笑、对他充满信任的少女，心中翻涌着如太阳般温暖的情感。

他慢慢抬起手，轻轻放在姚纯汐的肩膀上，稍稍用力，将她拉入怀中，紧紧抱住了她……

姚纯汐猛地怔住，黑眸瞬间睁大。她靠在御堂浅的胸口，依然有些不太真实，但那属于他的，低低的温热气息，让她逐渐放松下来，双手也从后面慢慢攀上了他微凉的脊背。

“纯汐，谢谢你！我一定不会让你出事的！”

“当然啦！”姚纯汐抓住御堂浅的手臂，笑容纯净如水，“御堂浅，不要顾忌我，去做你该做的事吧。从答应帮助你那天开始，我就没有后悔过，我只希望……你能够改变自己的命运，一直做我的朋友，陪在我的身边，让那个什么99天期限见鬼去吧！”

“噗！”

御堂浅听到最后一句话，忍不住笑了起来。

他轻轻摸着姚纯汐的头发，深深注视着她，保证道："会的！我要一直陪着纯汐，无论自己变成什么，都会一直一直守护着你。"

"记住哦，不准敷衍我！"

"嗯，一言为定！"

两个人在美好的约定下，拥抱着彼此，开心地笑了起来。

没有人知道未来会发生什么，也许，这是他们最后的拥抱、最后的快乐、最后留在对方脑海中的记忆……

一团亮金色光芒溢出来，柔和地环绕在姚纯汐的周围，随着光芒逐渐变强，御堂浅的身影也越发透明，缓缓靠近姚纯汐，两人几乎合为一体，直到他消失。

"御堂浅？"

另一个声音回答："纯汐，你可以暂时休息下了。"

"好！你自己要小心。"

没过多久，御堂守给姚纯汐打来电话，车子已经等在她家门口了。

"纯汐，出发了。"

御堂浅望着镜子中的"姚纯汐"，深吸一口气，向外走去。

见到哥哥御堂守的瞬间，他本能地迟疑了一下。曾经，他和哥哥也是最亲的两兄弟，可为什么包括哥哥在内，御堂家的所有人都在刻意隐瞒他、提防他呢？

"学长好！"

站在车门前，御堂浅向哥哥问候。

御堂守朝"她"点点头，沉声道："嗯，上来吧。"

御堂浅俯身坐入车里，感受着曾经熟悉的一切：以前，他也是坐着自家的车子去学校读书，一路上与哥哥和司机叔叔开心畅谈，好像时间过得很快很快……如今，物是人非，司机叔叔仍在专注地开车，哥哥依旧与他并肩而坐，只是那段被他视为珍宝的时光，已经一去不复返了。

太多愁绪涌入脑海，御堂浅不禁叹了口气，扭头望向了窗外。

倏地，他愣住了。

在外面的光影衬托下，车窗上竟清晰地映出了他哥哥御堂守的表情：淡漠的脸孔，锐利的眼神，正在一动不动地盯着他！难道哥哥察觉出了什么？

御堂浅迅速别过头，眸底闪过一抹慌乱。

不！不！深呼吸，要冷静，不能自己乱了阵脚。

“学长，你……”为了平复心绪，御堂浅清了清喉咙，没话找话说，“辛苦了，其实不必来接我的，我自己可以……”

御堂守有意无意地打断他的话，反问道：“你认识我们家？”

“呃……”御堂浅顿了顿，尴尬一笑，“不……不认识，但你可以告诉我，我会打车去的。毕竟学长你每天都很忙，我不想因为自己的无理要求而给你造成困扰。”

“你倒是很有自知之明。”

御堂守似笑非笑地看着“姚纯汐”，紧抿的薄唇居然扬起了浅浅的弧度。

没错！

他刚才确实在观察“她”，隐隐觉得今日的“她”有些不太一样——少了些平日里的爽朗活泼，却添了一丝多愁善感。

莫名地，御堂守有些烦躁，有些不安。

因为，他更喜欢看姚纯汐眉开眼笑的样子，可现在的“姚纯汐”，心事重重，一点儿也不像她。

车子在夜幕中前行，许久之后，一座欧式庭院映入眼帘。

御堂浅望着熟悉的家，目光中显露出罕见的惊喜。

他终于又回来了。

深棕色的金属大门缓缓打开，车子慢慢驶了进去。

突然！

“砰”的一声，姚纯汐的身体像从内部遭到电击一般，随着剧烈的疼痛，透明的御堂浅被硬生生抛了出去！

银灵幻影 I ·寻谜99天·

第九章 中计·倒戈相向

一切发生得太快太离奇，完全失去了真实感。

御堂浅曾多次告诉姚纯汐，他无法进入御堂家，那时姚纯汐并不能理解。而此刻，当附身于她的御堂浅被硬生生抛出去的时候，姚纯汐才感觉到自己有多么心疼他。

那个最熟悉的家，竟成为他的禁忌之地！

姚纯汐在身体遭受刺痛的瞬间，就从睡眠状态中苏醒过来。正因为这样，她才不得不眼睁睁看着御堂浅飞出窗外而无能为力。

几乎是出于本能，姚纯汐想伸出自己的双手，去牢牢地抓住飞离的御堂浅。但她刚刚苏醒过来，身体软绵绵的，根本用不上力气，什么都做不到。

怎么办？

她到底应该怎么办？

这种痛苦，这种无助，这种煎熬……就像数不清的荆棘捆绑缠绕着她的心，让姚纯汐痛彻骨髓，喘不过气来。

御堂浅越来越远，越来越透明，猝不及防地，整个人重重地摔在门外的地面上。

“啊——不，不——”姚纯汐在车内见到这一幕，赶忙拍打着车窗，急切而担忧地大喊起来，“御、御堂……”

下一秒。

她猛地停住，声音戛然而止。

因为，近在咫尺的车窗上，分明映出了御堂守那张正在审视她的面孔，仿佛直接望入了她的心底，令她随即清醒过来，将含在口中的“浅”字吞了回去。

“呃、呃……御堂学长，那、那个……”姚纯汐握紧双手，连续深呼吸，努力让自己平静下来，“我……我刚刚是……第一次见到这么豪华又庄严的建筑，就像影视剧里出现的古堡一样，所以……所以太激动了，忍不住就……”

御堂守挑眉望着她，淡淡地说：“看你刚才的表现，好像不是激动，更像……”

“紧张！紧张！”姚纯汐急忙接下话，赔着笑脸，抹了抹额头的汗珠，“不瞒学长，除了激动之外，我更多的是紧张。瞧瞧，我都冒汗了，手心里黏糊糊的，真有点儿不敢进入御堂家呢。”

“不敢？为什么？”

姚纯汐不假思索地回道：“这还用问？怕见到你的家人更紧张呗！”

闻言，御堂守没有再多说，反而静静地笑了。

虽然不知道途中她在顾虑什么，但眼前这个姚纯汐，是御堂守印象中最真实的她，总算让他安心了。

走入大厅，姚纯汐有些意外，没想到御堂家的家主居然正在等她。

“这是我的父亲。”御堂守做着介绍。

姚纯汐笑着问候：“御堂先生，您好！久闻您的大名，今天能够见到您，是我……一生的荣幸呢。”

“哈哈哈！小姑娘真会说话。”御堂七海看着姚纯汐，笑逐颜开，“好！好！欢迎你来家里参观做客。我这个儿子，总是独来独往，我多怕他没朋友呀！如今，知道他有你这个朋友，我也就宽慰多了。”

御堂守站在旁边，表情淡淡的，一句话也没有说。

他微微眯起眼睛，默默地留意着御堂七海，心中的疑问越积越多。且不说御堂七海一反常态地关心了他，更是破天荒头一次在家里笑得那么大声，那么毫无防备。

怎么回事？

御堂七海究竟在对姚纯汐打什么主意？

正当御堂守困惑不解的时候，又听御堂七海问道："小姑娘，听说你对我家的书画收藏品很有兴趣？"

"呃……"姚纯汐骨碌碌转动眼珠，看向御堂守，解释道，"我这段时间一直跟着御堂学长在学画画，有了一些进步，就想看看您家里那些宝贵的书画收藏，让自己长长见识。对不起，我知道自己的请求太冒昧了，是御堂学长人好，包容了我的任性，才……"

"哈哈——没关系，没关系。"

御堂七海摆了摆手，毫不介意地说着，俨然一位和蔼可亲的长辈，也让姚纯汐慢慢对他放松了戒心。

"哦，现在距离晚饭还有些时间。小姑娘，如果你愿意，不妨先去地下收藏室看看，有什么好奇的、不懂的问题，咱们回头再讨论。"

"真的可以吗？"

对于御堂七海的提议，姚纯汐倒是喜出望外。

本以为，她一个陌生人来到御堂家，会遭受严密的监视或束缚。现在看来，御堂家的人很好相处，与外界的传言迥然不同呢。

"守儿，你带她过去吧。"

御堂七海推了推金丝边眼镜，沉声发出命令。

御堂守侧眸扫过御堂七海的脸庞，轻轻点头道："好的。"

御堂家的地下收藏室，是御堂七海的私人领域。从小到大，连御堂守

说完，御堂七海扬起嘴角，昂首挺胸走出了地下室。

当地下室的门关闭后，御堂守慢慢闪身出来。

他一步步走到姚纯汐面前，凝眸深深注视她，抬手轻轻抚摸她的额头，幽幽地叹气："两百年了，本以为你会过得很好，谁知你竟让自己变得如此狼狈。你觉得，当年的决定，真的正确吗？"

望着失去意识的姚纯汐，御堂守的眸色逐渐暗沉，眼底仿佛卷起了层层叠叠的暴风雪。

这一次，他不想再错过保护她的机会了！

晚饭时间。

御堂家的餐桌上，只坐了御堂七海和御堂守两个人，唯一重要的客人姚纯汐并没有陪他们一起用餐。

御堂七海告诉儿子，姚纯汐在参观书画作品的时候，突然接到紧急电话，就匆匆忙忙离开了。御堂七海派车将她送走，并答应她，会向御堂守转达歉意。

对于这样一个漏洞百出的借口，御堂守居然默认了，没有提出任何异议。

父子俩一人坐在一侧，静静地吃着晚餐。

御堂七海心知肚明，这么多年来，御堂守一直不动声色地服从他，其实是在等待机会，等待光影两王回归的机会。至于御堂七海嘛，他始终秉持着"个人利益最大化"的原则，只要御堂守不妨碍他的计划，他就睁一只眼闭一只眼，听之任之。

坦白说，御堂七海虽然表面臣服于大祭司若道，可他从两百年前开始，就没有明确表示反抗自己的王。而这，正是他给自己留的后路！

在茫茫历史长河中，无人能够预知，两百年后的今天，风云变幻莫测，主导沉浮的胜者究竟是谁。御堂七海下了一盘大棋，以他的生命和前途作为赌注，想看一看属于他自己的那片风景。

这些心思，是御堂七海的秘密，也是他最后的冒险。

夜渐渐深了，月亮闪入云层。

御堂家的院子里，蔷薇花无声绽放，空气中弥漫着淡淡的清香。

晚饭后，御堂守找了个借口，悄悄去往地下室，查看姚纯汐的情况。之前，从姚纯汐的话语中，御堂守也听了出来，她肯定见过御堂浅，且两人一直有联系。再仔细回想姚纯汐进入御堂家大门时的奇怪反应，御堂守大概猜到了，御堂浅应该就在附近。只不过，由于御堂家设定了阻止御堂浅靠近的结界，他才没办法进来。

事到如今，御堂七海已证明姚纯汐的真正身份，按照大祭司的要求，御堂七海肯定会将姚纯汐交给大祭司处理。

“不行！绝对不行！”

御堂守握拳站在姚纯汐身边，自言自语地反对。

可是……

仅凭他一个人，根本没办法对抗大祭司，又该怎样保护姚纯汐呢？

“为什么？为什么你的力量还没有觉醒？”

御堂守望着姚纯汐，琥珀色的眼眸中闪过一抹淡淡的无奈。

两百年前，为了追随那时的姚纯汐，他来到这个本不属于他的世界，所付出的代价是：放弃曾经的一切，包括自身的力量。可如今，当姚纯汐需要他不顾一切去保护的时候，他竟然是那样无能无力。对于这样的自己，御堂守感到羞愧，更感到懊恼。

“两百年前，我没能保护你；两百年后，我决不重蹈覆辙！”

御堂守合起双眼，深吸一口气，再睁开的时候，他的目光幽深而坚定，已经找不到一丝一毫的动摇。

离开地下室，御堂守返回自己的房间，不经意发现御堂七海独自站在院子里，仰头望着阴暗低沉的夜空，似乎在等待什么。

没错！御堂守猜对了！

御堂七海确实在等人，而且，是非常重要的人。

云层轻移，月光微微显露，暗影浮动之中，一道划破天际的巨大裂缝乍然出现。红发少女穿着蓬蓬裙从裂缝中一蹦一跳地走来，可爱的娃娃脸带着甜美的笑容，抬手向御堂七海打了个招呼。

“七海，最近好吗？”

御堂七海推了推金丝边眼镜，点头道：“一切都好，红罗放心。”

“对了，你说今晚有惊喜献给祭司大人，在哪里呢？”红罗调皮地眨着眼睛，左右扭头看了看。

御堂七海轻轻拉住红罗道：“别急，少安毋躁。只要祭司大人屈尊降临，我御堂七海定不会让祭司大人失望。”

“你这是在和我讲条件吗？”

随着低沉而威严的声音，一个冷艳俊美的少年突然从天而降。

他的长发绑成一束，泛着灿亮的紫色光泽；金光闪闪的瞳眸，氤氲着薄薄的寒气；修长挺拔的身躯，带着强势森冷的压迫感，令人不由得畏惧三分。

御堂七海见到少年后，立刻恭敬地行礼问候：“大祭司若道大人光临，七海惶恐，不胜荣幸。”

“七海，你说的‘惊喜’是什么？”若道漠然开口，直截了当地发问。

御堂七海走上前，笑着汇报：“幸不辱命，我今晚抓住了祭司大人最想得到的人。”

若道没有出声，微微挑眉，金色瞳孔不着痕迹地缓缓收缩。

“七海，你是指……我们的王？”红罗歪着头，好奇地问。

御堂七海眯起眼睛，略显嘲讽地望着红罗：“前些天，你不是派了一群污影去偷袭我们的王了吗？如此可见，我们的王早已在祭司大人的掌控之中，又怎么能算是祭司大人最想得到的人呢？”

“哦……”红罗恍然大悟，托着下巴问，“难道，你说的是另一个……”

“正是！”

御堂七海打断红罗的话，唇角得意地上扬，摆出一副胸有成竹的姿态。

这时，若道才缓缓开口：“七海，人在哪里？”

“已经被我困在地下室！我随时可以将她交给祭司大人，听凭您的安排处置。”御堂七海的笑意加深，一切尽在掌握，距离成功只差半步之遥。

若道稍显动容，紧绷的俊脸泛起少许波澜，声音也提高了几分。

“七海，做得好！记你大功一件！”

“谢祭司大人！七海不敢居功，只希望能够助祭司大人达成心愿。”

若道满意地点点头：“去，把人给我带出来。”

“是！”

御堂七海刚刚应允，一道熟悉的身影如闪电般飞落在他的面前。不，准确地说，是停在所有人的面前，挡住了他们的去路。

“没有我的命令，谁也不准伤害纯汐！”

银灵幻影 I ·寻谜99天·

第十章 交锋·记忆复苏

偌大的院子，夜风吹起，蔷薇飘香。

银色的月光静静地洒落下来，照亮了整个空间。

当暗影慢慢退去，那个挡在御堂七海面前的身影，渐渐变得清晰起来。

他的银发在晚风中轻轻飘扬，若有若无地遮挡住了他的表情，令人难以捉摸；他的声音熟悉而恬淡，仿佛说着最平常的话，却又让人感到不怒而威，那双幽湖般的绿眸，平静如水，清澈明亮，看不出丝毫起伏，但偏偏带着一种尊贵倨傲的气势。

也许，这就是与生俱来的王者风范吧！

此时此刻，院子里所有的人，目光都落在银发少年的身上。本应失去实体的他，现在宛若高贵的神祇一般，似有似无地扫视着周围的一切。

定定地望着少年，御堂七海露出了明显的惊愕表情。

“浅、浅儿，你……你怎么会在这里？”

御堂七海心知肚明，自从御堂浅消失之后，他就在御堂家设下了力量结界，防止御堂浅再次靠近，以免破坏了他的完美计划。

然而……

眼前的事实在告诉他，御堂浅不但神不知鬼不觉地进来了，还几乎完成了身体和力量的恢复。那么，他的记忆呢？是不是也全部找回来了？他知道自己真正的身份了吗？

短短几秒钟，御堂七海的种种念头已经转动了无数次。

如果在御堂浅和若道之间，他必须立刻做出选择，那他精心经营至今的全部计划，就真要毁于一旦了。

所以，他现在需要装糊涂，以静制动。

御堂浅凝眸而望，若有所思，视线一点点掠过御堂七海、若道、红罗，最后又回到了御堂七海的身上。

除了御堂七海，另外两个少年少女是什么人?

莫名地，御堂浅觉得有些熟悉，好像见过他们，甚至……他从紫发少年的目光中感应到一种相识许久的默契。

不！默契？怎么可能呢?

对于初次见面的人，他居然能够使用“默契”两个字，真的有些好笑。不过，他和宿白相遇的时候，似乎也配合得很有默契呢。只是宿白全身散发着侠义之气，令人觉得正直而可靠，但眼前的紫发少年，正好截然相反，带给御堂浅一种强大而危险的压迫感。

目光微微低垂，御堂浅似笑非笑，对御堂七海说：“父亲，纯汐是我的人，请把她交给我。这就是我出现的原因！”

“你……你……”御堂七海哑然，竟说不出话了。

他听到“父亲”两个字的时候，大概明白了御堂浅的“苏醒”状况。尽管他的身体恢复得差不多了，但记忆仍然没有完全恢复。也就是说，他还不知道自己的真正身份，更没有完全找回失去的王者力量。

想到这里，御堂七海幽幽地长叹一声，顿时安心许多。如此一来，他就还可以继续装糊涂，周旋在御堂浅和大祭司若道中间。

“浅儿，你的话我不太明白。”

御堂浅轻轻皱眉，绿眸中瞬间凝结了寒霜，声音也变得高昂几分：“父亲，我既然能够出现在这里，就表示您没有再隐瞒下去的机会了。

总之，我的话就是命令，纯汐若受到一丝一毫的伤害，后果你们自己承担！”

听着自己说出的话，听着近乎陌生的语调，御堂浅不禁愣住了。

这是怎么回事？

他居然会如此失礼地对待父亲，向父亲发布命令？不，不，他好像迷糊了，脑袋里空荡荡的，连他自己都不知道为什么会变成这样。

“浅、浅儿，我……”御堂七海故作为难，转头望向若道，“祭司大人，您看这该怎么办呢？”

若道冷冷地勾起嘴角，不屑地说：“七海，你应该很清楚我今晚来这里的目的。既然该到的都到了，那就一并处理！”

“是，是。祭司大人高明。”

“不过……”若道突然顿了顿，话题一转，“七海，你明明向我保证过，浅是不可能进入御堂家的，现在算什么？你是故意安排这么一场，想让我和浅一起毁了你吗？”

闻言，御堂七海赶忙弯下身，向若道连连恳求道：“祭司大人，您误会了，真的误会了。我御堂七海就算胆大包天，也不敢违背您的命令呀！更何况，我追随您这么久，您也应该知道的，我不可能做搬石头砸自己脚的事。至于浅儿他为什么会进来，我也或多或少猜到了几分。”

“说！”

若道提高声调，一脸不耐烦。

御堂七海推了推金丝边眼镜，朝院子里的蔷薇花角落沉声道：“你就别再藏了，出来吧！”

话音落下，月色光影中，御堂守一步步走了出来。

他没有去看御堂七海，而是直接站在了御堂浅的身边，向若道问候：“祭司大人，好久不见。”

“哼！原来是你在搞鬼。”若道冷哼一声，金瞳越发森暗，声音也低沉几分，“两百年过去了，你所谓的‘忠心’也不过如此。”

御堂守抬起头，突然扬唇笑了起来，但可以明显地看出，他的笑意只是停留在嘴边，并没有到达他的眼底。

“祭司大人，你好像弄错了。自始至终，在我御堂守的心里，主人只有一个，我效忠的王也从来没有改变过！”

御堂守刚刚说完，只见若道猛地抬起手，从掌心里射出一个黑色雾团，直击御堂守的身体，将他硬生生打飞出去。

“砰——咚——”

御堂守重重地摔倒在地，嘴角淌出了鲜血。

“咳咳……咳咳咳……”

“哥！哥哥！”

御堂浅赶忙跑过去，将御堂守扶了起来。

御堂守擦掉嘴角的血，对若道怒目而视，随即又自嘲地摇了摇头。两百年来，他咬着牙关隐忍，等待着姚纯汐这个主人的觉醒，等待着重新拿回属于他的力量，但最终……他还是成了若道的手下败将，真是可悲可叹！

“哥，你怎么样？”御堂浅关切地问。

御堂守轻轻摇头：“放心吧，我没事。”

御堂浅扶着御堂守，慢慢向前走。每走一步，他的绿眸都会变得冰冷一分，而他的目光始终在若道和御堂七海两人之间游移，有些深不可测，又有些耐人寻味。

距离若道几步之遥的时候，御堂浅放开哥哥御堂守，突然停了下来。

“你是谁？”

御堂浅淡淡地发问，声音没有丝毫波动，听起来却令人胆寒。

若道紧紧皱眉，金色的瞳眸直望入御堂浅的眼底，唇边泛起一抹凉薄的嘲讽："浅，你根本不应该来这里，更不应该出现在我的面前。"

"对你，对御堂家，我都没有什么兴趣。我来这里，只是想带走纯汐！我很感激哥哥帮忙解除了这里的结界，才能让我重新进入这个家。所以……对于伤害哥哥的人，我绝对不会原谅！"

若道轻蔑地摇摇头，丝毫没有在意，反而冷冷一笑："浅，你可知道，从御堂守帮助你的那一刻开始，他就等于背叛了我！对于背叛者的惩罚，我向来不会手软！"

御堂浅眯起眼睛，凝眸打量着若道，心底又涌起了那股奇妙的熟悉感。

他，认识若道吗？

御堂浅无法给自己一个准确的回答，但若道几次三番习惯般地称呼他"浅"，至少表明若道应该是认识他的。

"你究竟是谁？"

御堂浅望着若道，再次发问。

若道上前一步，紫发轻轻拂过额头，洒下一道道剪影。主动伸出手，他的表情有些细微的改变，对御堂浅说："我是若道。"

若道，若道……

御堂浅默念这两个字，觉得仿佛从心底有什么东西正在蔓延，让他身体里的每一个细胞都变得兴奋起来。隐隐有个声音在告诉他，即使他对若道没有什么印象，但若道似乎在他的潜意识里存在很久很久了……

"浅，我们终于还是见面了。可惜，对你而言，又是一个终结。"

若道一边说着御堂浅不明白的话，一边用力握住了他的手。

彼此手心相触的瞬间，仿佛有一股神奇的魔法在迸射，令御堂浅整个人莫名地僵住，思绪也像被什么吸引似的，开始快速波动。

突然，无数凌乱交错的记忆碎片，排山倒海般地涌入了御堂浅的脑海，让他的头不可遏制地裂痛起来……

“若道，我想去实现大家的愿望。”

“有若道帮助我，我一定能做好！”

“若道，你才是我最得力的助手！”

“若道，我们一起改变这个世界吧。”

……

御堂浅甩开若道的手，抱住自己的头，痛苦地低吟起来。他的俊脸有些扭曲，大串大串的汗珠流下来，打湿了银色的发梢。

“浅！你怎么样？”

御堂守跑过去，想要扶住御堂浅，却被若道挡了回去。

“这里没你的事！”

若道冷眼看着御堂守，不容反驳地说。

御堂守扬起下巴，毫无惧色，正准备继续上前，一只手紧紧拉住了他。

“父亲？”

御堂七海不由分说地低吼道：“快给我回来！”

“可是……”

“听我的话，别管了！”御堂七海强硬地拉着御堂守，将他扯到了身后，低声说，“你接二连三做出蠢事，让我太失望了。本想随你去自生自灭，终归还是做了两百年的父子，我不能当作没看见。乖乖待在这里，什么都不要管，知道吗？”

御堂守有些吃惊，目光出现了瞬间的僵滞。

的确，他没想到御堂七海会护着他，更没想到他会说出这么多真心话。一直以来，在御堂守的心目中，御堂七海都是个老谋深算、明哲保身的精明人。刚才那样的状况下，御堂七海最应该做的，是当个旁观者，或者将一切视若无睹。否则，他苦心戴了这么久的面具，就会露出破绽了。

果然。

红罗双手背在身后，蹦蹦跳跳地走过来，笑眯眯地用肩膀撞了撞御堂七海。

“不错嘛，七海。”

御堂七海深知，红罗是若道身边的大红人，得罪了她必然会惹麻烦。刚才，他的所作所为，可能在若道眼中不值一提，但红罗要是将其当作把柄威胁御堂七海，结果依然不堪设想。

于是，御堂七海坦坦荡荡承认，一字一句地说：“御堂家犯下的错，我定会尽全力弥补回来，无论是守儿、浅儿，抑或我自己，都会好好反省。两百年来，我御堂七海对祭司大人的忠心可鉴日月，祭司大人一定明白的。”

“七海，你就放心吧。”红罗笑了笑，甜美的娃娃脸可爱极了，“祭司大人呢，向来宽宏大量，不会因为一次小错而抛弃你的。只不过，你的儿子真要好好调教调教。”

御堂七海点头，不着痕迹地叹了口气，用眼神向御堂守示意，暂时安全了。

另一侧。

御堂浅和若道站在院子里，互相凝视着彼此，谁都没有出声。

此时，御堂浅的记忆波澜已经平复下来，只是身体一会儿虚幻，一会儿恢复正常，状况不太稳定。而他从记忆碎片里拼凑出的若道，虽然还不完整，却也渐渐清晰起来。

“若道，你是我的朋友？很早以前，我们就认识？”

御堂浅始终无法从凌乱的记忆中找出答案，但他能够确定，若道和他之间一定存在某种密切的关系。是朋友，是同伴，抑或兄弟？这些没有在御堂浅的记忆里浮现，他自己当然更不清楚其中的状况，只是隐隐觉得，若道不应该是他的对手或敌人。

那么，眼前这种胶着对抗的状态，究竟算什么呢？

御堂浅沉默下来，抬眸注视着若道，似乎在等待他的回答。

若道望着御堂浅，勾唇冷笑，闪亮的金瞳越发寒凉：“浅，到了现在，我是谁已经不重要了。重要的是，你今天会在这里彻底消失！”

消失？

御堂浅无声地笑了笑，银发随风轻舞，绿眸波光流转，有种惊心动魄的美艳。

其实，他早已变成幻灵，从人们的视线中消失了，又有什么值得惧怕呢？就算彻底灰飞烟灭，他也做好了充分的心理准备，只不过……纯汐还在危险之中，在成功救走她之前，他必须活着！

“若道，很抱歉，我现在还不能消失。”

“哦？”若道挑眉，眼底闪过一抹困惑，“什么意思？”

御堂浅没想隐瞒，凝眸而望，淡然地回道：“现在，有比我消失更重要的事在等我，我必须去完成，谁也别来妨碍我！”

“你是说……那个被困在地下室的女孩？”若道扬唇冷笑，示威般地命令，“七海，去把那个女孩带出来。今晚，我就让她和浅一起消失！”

“是……是。”

御堂七海先是怔了怔，随后犹豫着答应了。

几乎是同一时刻，御堂浅迈步上前去阻拦，绿眸深深注视着御堂七海，里面流转着无形的旋涡，正在慢慢凝结成慑人的寒霜。

“父亲，您不能那样做。”

“浅儿，我……”御堂七海欲言又止，转头看了看若道。

若道并没有开口，只是嘴角噙着一抹冷笑，金色瞳眸里的寒光宛若冷厉的匕首一般，让人胆战心惊。

御堂七海幽幽地叹气：“抱歉，我必须去。”

“那就请您不要怪我了。”

御堂浅留下这句话，双手猛地摊开，两道银色光束从他的掌心里衍生出来，迅速凝聚成两把亮晶晶的光剑。

看着这一幕，御堂七海突然安心地笑了。

本来他还有些担忧，生怕御堂浅无力抵挡大祭司若道。毕竟，御堂浅的记忆和力量还没有完全恢复，想要与若道抗衡，终归是冒着比较大的风险。现在看来，御堂浅的力量并非他想象中那么弱，或许……不，至少自保是不成问题的。

“七海，快行动！”

若道有些不耐烦了，再次开口命令。

御堂七海感觉到背后来自若道的寒冷视线，不由得打了个哆嗦，赶忙迈动脚步，向御堂家的地下室走去。

“站住！”

御堂浅伸出光剑，拦在御堂七海面前。

这时，若道才缓缓走上来，似笑非笑地说：“浅，你的力量恢复得好像还行。但是，你别搞错了，你的对手……是我！”

话音刚落，若道就挡住了御堂浅，大手挥出的瞬间，一把长长的黑色武器显现于眼前，它的顶端居然是弯曲的镰刀形状。

“轰”的一声，御堂浅的记忆链条又波动起来。

“若道，这把‘影之镰刀’送给你了。”

“最厉害的武器，本应属于最信任的人。”

御堂浅脑海中有关若道的片段，总是那样清晰，那样温暖，可为什么……为什么站在他眼前的这个若道，恍若隔世般陌生呢？

“咣！”

黑色镰刀猛地砸下来，御堂浅如梦初醒，本能地抬起光剑去还击。

“七海，还不去？”

若道冷冷地瞪了御堂七海一眼。

御堂七海点了点头，和御堂浅擦身而过。

“不！不行！”御堂浅再欲拦截的时候，若道的黑色镰刀已经逼近，缠住了他，“哥！快去救纯汐！”

“放心吧，我知道怎么做。”御堂守立刻跟了过去。

见状，红罗轻蔑地笑了笑，蹦蹦跳跳地上前：“御堂守呀御堂守，你可不能忘了我红罗哦。祭司大人，红罗去去就回，一定……”

“不必了。”

若道居然阻止了她。

红罗睁大眼睛，诧异地问：“祭司大人，您这是……”

“御堂守的主人还没有觉醒，令他本身的力量受到束缚，几乎为零，根本不足为患。也正好趁此机会，看看七海对我的忠心。”

“哦……”红罗终于明白过来，狡黠地笑道，“祭司大人高明，这真是个好主意。”

御堂浅听着若道的话，薄唇冷冷翘起，不屑地冷哼一声：“好主意？够卑鄙、够无耻！若道，我记忆中的你，不是这样的！你怎么会……”

“我怎么样都没关系了，因为你今天就会死在这里！”

若道眯起金瞳，用力压下黑色镰刀，想克制御堂浅手中的两把光剑。谁知，御堂浅在恢复身体的过程中，自身力量也在逐渐增强，他灵活而迅速地挥动光剑，左右还击，不仅抵挡住了若道的连续进攻，还占据了压倒性的优势。

对此，御堂浅自己也感到大吃一惊。

“嚓嚓嚓——咣咣咣——”

“砰砰砰——轰轰轰——”

光剑与镰刀互相撞击，顿时火花飞溅，星芒四射。

御堂浅和若道注视着彼此，集中精力展开对抗，谁都不肯退缩。

光影交错之间，弥漫着浓烈的杀气，却也若有若无地流淌着一种惺惺相惜之情。这份诡异的心情冲击着御堂浅，让他万分困惑。此刻的他，就像走入死胡同的孩子，越是迫切地想找到答案，越觉得手足无措。

“咔——唰啦啦——”

彼此正在对峙的时候，一条长锁链从背后袭来，紧紧缠住了御堂浅的双手和身体，令他无法动弹了。

御堂浅愕然，扭头发现，锁链的主人竟是旁观者红罗。

“祭司大人，请速战速决。”

对于红罗的偷袭，若道明显表示不悦，但红罗的话不无道理。刚才，他和御堂浅交锋的时候，已经察觉到了，御堂浅若完全找回力量，势必更加难以对付。

“浅，永别了。”

若道高高举起黑色镰刀，转头向御堂浅砍去……

银灵幻影 I ·寻谜99天·

第十一章
真相·影之家族

月亮完全没入了云层，周围一片漆黑。

在光剑的衬托下，暗影中的黑色镰刀，轮廓竟是那样完美。

“砰——轰——”

镰刀落下的瞬间，几团大小不同的黑影从天而降，在若道身边轰然炸裂，令他不得不后退几步，只得收回了镰刀。

“什么人？”

透过茫茫烟尘，若道厉声质问。

来人并没有立刻回应，而是走到御堂浅身边，解除了捆绑住他的锁链。

御堂浅感激地点点头，正准备说一声“谢谢”，却赫然发现，来人的面孔竟与红罗一模一样！

烟尘散尽，若道和红罗也在看清来人之时，万分惊愕。

“绿罗？居然是你！”

若道面无表情，但他话语里的怒火可见一斑。

“姐姐？你、你怎么……”红罗既震惊又着急，难怪她的锁链会被解除，原来是姐姐做的，“姐姐，你好糊涂呀！”

绿罗望着妹妹，淡然地笑了笑说：“红罗，我知道自己在做什么。祭司大人，我没有什么好解释的，但我不后悔自己的决定。”

“决定？你是在威胁我吗？”若道高高在上，冷眼注视着绿罗，“不要把事情想得太简单了，你应该比我更清楚，就算有浅在，一切也不会改变。绿罗，你是个聪明人，否则你也不会从一开始就做出选择。”

听着若道的话，绿罗那张可爱的娃娃脸一下子变得煞白煞白，纤弱的身体也不由自主地颤抖起来。

是的，她当然明白若道的意思。

刚才那些话，若道并非与她商量，而是在提醒她，让她乖乖服从命令。两百年前，她为了保护双胞胎妹妹红罗，不得不站在若道一边，做了他的帮凶。如今，两百年过去了，她最尊敬的王即将再次苏醒，为什么她还是无法获得自由呢?

一直以来，绿罗的信念没有动摇过，但她最在乎的，是妹妹红罗。正因如此，红罗也成了她的软肋、她的弱点、她挣脱不开的束缚。由于红罗从小就崇拜着大祭司若道，长大后便义无反顾地做了若道的使者、忠实的随从，几乎时刻跟在若道身边。

两百年前，那场意外发生的时候，绿罗本来有着另外的选择。但是，若道用她的妹妹红罗作为交换的筹码，威胁绿罗留在他的身边，牢牢地“捆绑”了她两百年。

直到现在，直到这一刻，若道依然在不动声色地挟制她，令她不得不屈服。

想到这些，绿罗满心委屈，泪珠在眼底不停地打转。

她深吸一口气，走向御堂浅，含着眼泪向他行礼：“王，对不起。我绿罗……能够为王做的，实在太微薄，请您原谅。”

“不，谢谢你，绿罗。”

御堂浅俯下身，将绿罗搀扶起来。

绿罗望着近在迟尺的御堂浅，终于潸然泪下，泣不成声。

御堂浅抬起手，轻拍绿罗的后背，静静地安慰她。看着绿罗脸颊上那两串晶莹的泪珠，御堂浅慢慢皱紧了眉头，心中生出一股无可名状的怒火。

绿罗在千钧一发之际救了他，反而要承受若道的责罚，这算什么？

御堂浅越想越恼，冷眼瞪视若道，眸光越发冰冷。

“绿罗，你不应该受这样的委屈。”

闻言，绿罗微微颤抖着身体，含着泪光感激地笑了笑，哽咽着说：“王，谢谢您，我没事，请放心。”

“谢谢你刚才救了我，我也希望能为你做点儿事。”

御堂浅笑着向绿罗点头，心中泛起一种亲切感。

明明绿罗和红罗长着相同的娃娃脸，穿着相同的蓬蓬裙，除了发色不同之外，几乎一模一样。而红罗让御堂浅觉得陌生、疏远，甚至还有一丝仇视，为什么绿罗带给他的感觉就像若道一样，那么熟悉，那么温暖呢？

“姐姐！你在做什么？”

御堂浅的思绪被红罗的喊声打断，她飞快地冲过来，将绿罗拉走。

“姐姐，你是真的糊涂了吗？”

“我很清醒。”绿罗擦掉眼泪，反手拽住了妹妹，“红罗，不准你再这样无礼！我们的王就在眼前，你不但不问候，还这么没大没小，简直……”

“绿罗！”红罗突然提高声调，打断了姐姐的话，“我一直信你，爱你，因为你是我唯一的姐姐。可是，你的所作所为让我太失望了！”

绿罗无奈地叹气：“红罗，这句话正是我一直想告诉你的。”

“姐姐，你……”

“够了！”

若道阴沉着一张俊脸，冷冷地瞥了她们姐妹一眼，声音低沉而冰冷，宛若来自地狱的修罗。

“祭司大人，请不要生气，我错了。”红罗赶忙道歉求饶。

绿罗显得不卑不亢，一字一句地说：“祭司大人，请您谅解。绿罗绝非与您作对，但明知我们的王身陷危机，绿罗没办法袖手旁观。如果祭司大人因刚才的事惩罚绿罗，绿罗会心甘情愿接受，决不后悔。”

“不后悔？”

若道冷言反问，怒火瞬间攀升。

两百年了，他知道绿罗从未甘心臣服于他，但他也没有伤她分毫，依然将她留在自己身边。尽管留下她的手段不太光彩，可至少……若道自认为没有亏待过她，且在若道的保护下，她和红罗一直自由自在，为什么还不满意呢？

绿罗闭口不答，目光始终坚定，毫不动摇。

见状，红罗拉着姐姐，代她求情：“祭司大人，我姐姐她……她不是故意的，她只是一时糊涂，请您原谅她吧。我、我会和姐姐好好谈一谈，让她不再执迷不悟，以后绝不会再做出忤逆祭司大人的举动。”

若道挑眉，斜睨着绿罗，似乎在等待她的回应。

然而……

绿罗只是静静地站在院子里，仿佛没有听见妹妹的话，整个人也如同石化了一般，一动不动。

“姐姐？姐姐！”红罗皱着眉头，用手拉着绿罗的衣角，“姐姐，你别这样了，快向祭司大人认错吧。”

绿罗看了看红罗，惨淡一笑，推开了她的手。

“姐姐？”

绿罗幽幽地叹气：“红罗，我没有做错。王在我之上，保护王是我的职责。我会接受祭司大人的惩罚，也会跟在祭司大人身边，但我不做违背自己良心的事。”

听完绿罗的陈述，若道刚刚压下的怒火，又“噌”地蹿了出来。

“好！绿罗，你真是越来越大胆了。既然……”

“等一等！”

御堂浅轻启薄唇，截下了若道后面的话。

“绿罗保护了我，我非常感激。所以，若道你如果要惩罚她，就先过我这关！而且，我一直想问清楚……”御堂浅望着若道，又看了看绿罗，“我，御堂浅，究竟是什么人？”

说出这样的话，御堂浅自己也感到很无奈。

可能别人会觉得很好笑，但这就是事实，他无法从那些零碎的记忆里捋出完整的头绪。他应该很熟悉若道，很熟悉绿罗，只是在记忆复苏的过程中，一切仍旧模糊不清，让他越来越糊涂了。

好几次，御堂浅听到绿罗称他为“王”。

王？什么王？

如果他是王，那若道又是什么身份？在御堂浅看来，若道仿佛一直视他为敌，恨不得置他于死地。那么，若道会不会是与他对立的另一个王？

太多解不开的疑问困扰着御堂浅，他很惊讶，很好奇，但更想知道真相。

那么，存在于“王”背后的真相到底是什么呢？

御堂浅紧紧皱眉，定定地注视着若道和绿罗。他似乎在期待什么，又像在害怕什么，心里从未像现在这样慌乱过。

王，简简单单一个称呼，那究竟代表着什么呢？

寂静在御堂家的院子里蔓延，所有人都沉默下来。

一秒钟，两秒钟……五秒钟，十秒钟……

许久之后，绿罗毕恭毕敬地行礼，对御堂浅说：“王就是王，我们最尊敬的王。您，正是我们一族的王，若道大人是我们一族的大祭司。”

“我们一族？”御堂浅面露愕然，追问道，“是哪一族？”

绿罗刚要开口，却见御堂七海匆匆忙忙跑了回来，惊呼一声：“祭司大人，地下室那个女孩不见了！”

什么？

此言一出，御堂浅和若道同时改变了脸色。只不过，御堂浅是安心的舒气，若道则是阴沉的一窒。

“七海，你究竟在耍什么把戏？”若道漠然质问，金瞳里的光芒冰冷如霜。

御堂七海擦擦额头的薄汗，如实回答道：“祭司大人，这件事我也不清楚。我赶过去的时候，那个女孩已经不在了。您可以怀疑这件事，但不应该怀疑我，若我对您存有异心，又何必想办法抓住那女孩送给您？我只要隐瞒一切，置身事外，反而会更容易赢得您的信任，不是吗？”

“那你觉得，她是被谁带走的？”

御堂七海推了推金丝边眼镜，轻轻摇头：“抱歉，祭司大人。对此，我没什么头绪，唯一能够肯定的是，做这件事的人，不在我们当中。”

从御堂浅进入御堂家开始，直到御堂七海去往地下室，院子里所有人都不曾离开。也就是说，在场这些人都没有机会带走姚纯汐，那么……除此之外，还有其他人偷偷潜入了御堂家吗？

“七海，我不管过程，我只要结果。”若道紧紧皱眉，满脸不悦，“这里交给你善后，我先回去了！”

御堂七海俯身道：“恭送祭司大人！”

“红罗、绿罗，走！”

“是！”

红罗爽快地答应，伸手去拉姐姐。

绿罗面带愁容，望着御堂浅，再次行礼：“王，请您多多保重。”

“绿罗，谢谢你，你也要好好照顾自己。”御堂浅微微颔首，双眸灿若星辰，用温润的笑容目送绿罗离开。

很快，漆黑的夜空被重新撕开一道长长的裂缝，若道带着红罗和绿罗渐渐消失在裂缝中……随后，裂缝完全消失，月色洒满大地，一切都恢复了平静。

御堂家大厅。

华美的水晶灯熠熠生辉，星辰般的光芒洒落下来。

父子三人默默静坐，互相注视着彼此，似乎各怀心事，谁都没有讲话。

大厅内的氛围有些冷寂，有些尴尬。

其实，对每个人来说，这都是一个不平凡的夜晚。

御堂浅的混沌记忆，开始慢慢复苏。尽管还没有完全弄清自己的身份，可他今晚见到的所有人，都在他关于曾经的记忆中不断浮现，他相信自己距离最后的真相越来越近了。

御堂守终于抛开两百年的隐忍，做了自己想做也应该去做的事。姚纯汐是他的主人、他的搭档，就算她还没有任何觉醒的迹象，他和姚纯汐之间两百年的关系，也是永远无法改变的事实。为保护主人、为忠于他的王，他哪怕受了重伤，也没有丝毫怨悔。

至于家主御堂七海，和两个儿子相比，他大概是损失最大的一人。本来他计划得好好的，准备以姚纯汐作为战利品去向若道邀功，谁知两个儿子竟偷偷联手，不但破坏了他的如意算盘，还差点儿将他卷入“信任危机”。

两百年来，御堂七海一直没有真心臣服于王和大祭司中的任何一方，因为他那双精明的眼睛看透了，在王和大祭司的长期斗争中，他无论站在哪一边，都不过是随时能够被丢弃的棋子。而他，御堂七海，不愿让自己沦落到那样的地步，所以他才想握住更多的筹码，保护自己，也保护自己的利益。

沉默半晌，父子三人的视线不经意间撞在一起，总算打开了话匣子。

“父亲、哥哥！”

御堂浅率先开口，幽湖般的绿眸深邃难测。

御堂七海和御堂守对视一下，心照不宣地点了点头。他们大概能够猜得到，御堂浅会说些什么、问些什么。也好，反正父子三人太久没有一起畅谈了，干脆趁此机会，大家开诚布公地将所谓的秘密揭开吧。

“浅儿，到现在为止，你消失多久了？”

御堂七海突然想起来了什么，抢先问了出来。

御堂浅微微一怔，眸光黯淡几分。从他消失的那一刻开始，父亲和家里就密不透风地隐瞒了这个消息，其中必然存在不为人知的原因。现在，父亲突然问起他消失的时间，难道与那个99天的期限有关吗？

想到这里，御堂浅毫无隐瞒地回答：“已经70天了。”

“唉，时间过得真快，不知不觉这么久了。”御堂七海一边慨叹，一边推了推眼镜，“这么说，你剩下的时间确实不多了。”

御堂浅倏地挑眉追问：“父亲，这是什么意思？”

隐隐地，御堂浅心里是明白的，他在这个世界停留的期限是99天，如今70天已经过去了，他很快就会彻底消失吧？

“浅儿，今晚发生这么多事，你应该也感觉到了。你不是普通人，我们御堂家也不是普通的家族。正因为这样，你才能继续存活在这个世界上。”

御堂浅苦笑着点点头，沉声道：“是的，我身边的一切都太奇怪了。莫名其妙成为幻灵，莫名其妙去找了纯汐，还莫名其妙变成了别人口中的

'王'！我承认，我已经糊涂了，我……"

"浅，你本来就是我们一族的王！"

静默许久的御堂守，轻轻打断御堂浅的话，用琥珀色的眸子直视着他。

御堂浅自嘲般地摇了摇头："王？又是王？可我连自己究竟是什么人都弄不清，王对我而言有什么意义呢？"

"有！当然有！"

御堂守罕见地激动起来。

"冷静，慢慢说。"御堂七海扭过头，劝慰御堂守，"这件事，还是我来告诉他吧。"

御堂守没有表示异议，御堂浅也没有提出异议，兄弟二人同时将目光落在父亲御堂七海的身上，等待着他接下来的讲述和解释。

"在这个世界上，存在着很多不可思议的人和事。我们御堂家，并非真正的人类，而是影之家族！更确切地说，我们是从影子里衍生出来的，虽然表面看起来与普通人类没什么两样，但我们会因受到阴雨天的影响而变成透明状。而阳光越强烈，影子就越深，所以阳光灿烂的日子，才是我们影族人最喜欢的日子。"

"影族？影族人？"

御堂浅试探般地询问，依然有些不敢相信。

是的，他从自身的变化中能够察觉到一些异状，甚至还记得清清楚楚，只因一次冒着小雨回家，居然就生病了！而且，他听姚纯汐说起过哥哥御堂守变成透明人的事，这些都足以证明，御堂家的成员以及若道、绿罗、红罗他们都是影族人，而非真正的人类。

"浅儿，你也不必太惊讶。"御堂七海挑眉，凝眸望着他说，"其实，影族人、光族人和普通人类是三者并存的。所谓'有影必有光，光影不分离'，除了咱们影之一族，这个世界还存在着光之一族。正因为光影世界保持着平衡，人类世界才会一派安宁。不过，光影世界也和人类世界一样，有着不同的等级之分。譬如，你就是我们影之一族的王，若道是辅佐你的大祭司，只不过……"御堂七海欲言又止，没有继续说下去。

"只不过什么？"御堂浅当然是更加好奇。

御堂七海摇了摇头，已明确表示，他不会再多说了。无奈之下，御堂浅将期待的目光投向了哥哥御堂守。

"哥，你可以告诉我吗？"

御堂守深深注视着御堂浅，一字一句地说："你记住，你是王，这是任何人都无法改变的！而作为王，你就必须肩负起你的责任，所以……你首先要让自己活下去！"

活下去？

御堂浅怔住，俊容僵滞一下。果然，他还是逃不过命运的安排。

"你是王，我一定会支持你。你之所以能够在变成幻灵后，继续留在这个世界，是为了找回属于你的部分记忆和力量！但时间有限，你要尽快恢复身体、恢复记忆、恢复力量，重新打开通往影世界的大门！"说最后一句话的时候，御堂守站起身来，用力拍了拍御堂浅的肩膀。

过去的两百年，无论发生过什么，都已是不可改变的现实。如今，光影之王终于到了必然要觉醒的那一刻，希望他们能够开创出光影世界崭新的未来。

听完父亲和哥哥的讲述，御堂浅的思绪反而更加迷乱了。

他是影王，是万众期待、高高在上的王，可为什么……为什么他没有一点儿王的感觉呢？而若道，作为辅佐他的大祭司，竟全身散发着王者之气，令人畏惧三分，又是怎么回事呢？最重要的，他的记忆、他的力量、他的身体，在剩余短短的29天时间里，真的能够完全恢复吗？他自己，是否能够活下去呢?

御堂浅疲倦地闭起眼睛，靠在客厅的沙发里，放空自己的脑袋，想安心地静一静。就在这时，他的身体反反复复地变成透明状……

“看来，你的状态还不够稳定，先去休息吧。”

御堂七海提出建议，却被御堂浅拒绝了。尽管好不容易进入家里一次，但御堂浅现在更担心姚纯汐，他要回去找她。

离开前，御堂守送御堂浅来到大门口，留给他一句话：“姚纯汐在家里，是一个值得信任的人带她走的。”

银灵幻影 I ·寻谜99天·

第十二章
心事·谜团重重

夜雾深沉，树影孤寂。

淡淡的月光洒满窗口，宛若轻盈的银沙一般。

整洁宁静的房间。

少女临窗而立，望着月色笼罩下的夜晚，脸上没有一丝表情。她的双眸如同紫水晶一般闪亮神秘，亦带着丝丝冰冷，让人捉摸不透。

偶尔，她会转过头，去看看躺在床上的另一个女孩。

女孩闭着双眼，正在熟睡，白皙的脸颊一如两百年前那样精致。长长的睫毛，整齐而密集，在眼睑旁洒下一道道细细的剪影；淡粉色的唇，在灯光下略显苍白；黑色的长发像海藻一般，轻轻铺在枕头上，将她的容颜衬托得更加柔美。

两百年，两百年……

两百年的等待，是那样漫长，但两百年的时间，又是那样短暂。

少女皱了皱眉，从窗口走回来，坐在床边，好几次试着抬起手，想去触摸正在熟睡的女孩。可最后，她的手指竟慢慢蜷缩，颤抖着握成拳头！

“姚纯汐？这就是你现在的名字？”

少女讪笑着摇了摇头，紫眸中闪过一抹复杂的情绪。

说罢，她又盯了女孩一眼，恍若难以置信般，倏地背过身去，双手紧紧握拳，身体依然在不停地颤抖：“姚纯汐，姚纯汐……两百年过去了，你怎么会变得如此孱弱？仅仅一个御堂七海，竟将你困得无处可逃，简直就像个大笑话！”

现在看来，两百年前，她选择毅然离开是正确的。

否则，今日的她，或许和御堂守一样，手无缚鸡之力，连自己都保护不了，那何尝不是一件可悲可叹的事？

灯光泛着浅浅的黄晕，仿佛整个房间都温暖起来。

不知过了多久，姚纯汐缓缓睁开了眼睛，但刚刚接触到光芒的瞬间，她又像害怕似的重新将眼睛闭了起来。

慢慢转动眼珠，当逐渐适应光亮之后，她才赫然发现，自己竟然躺在家里！先前的记忆迅速涌入脑海，令她猛地一惊，从床上坐了起来。

“你是谁？”

出现在她面前的，是一个陌生的少女。

少女的年纪应该和她差不多，身材纤细，脸蛋白净光滑，眼眸又大又亮，闪烁着淡紫色的光芒。一头黑色的短发，无风自舞，看起来酷酷的，有种英姿飒爽的感觉。

听到姚纯汐的问题，少女并没有丝毫惊讶，似乎早在意料之中。

“果然，你把我忘记了。”

“忘记？”姚纯汐怔了怔，挑眉望向少女，仔细打量着她。奇怪！她与眼前的女孩认识吗？为什么她完全没有印象呢？

“对不起，我、我们……见过面吗？”

少女嗤笑一声，略显恬淡地回道：“两百年前，我们熟悉得像是一个人。只可惜……”

“我……我……”

姚纯汐困惑不解，不知道该说些什么。

见状，少女也不再为难她，自我介绍道：“我是连葵。既然你忘记了我，那这一次，请你牢牢记住，我——是——连——葵——”

连葵？

对于这个名字，姚纯汐只觉得陌生，确实无法在记忆中找到。

“连葵，你好！”

姚纯汐笑了笑，礼节性地打着招呼。

连葵冷眼看着她，没有什么表情，也没有任何动作，仿佛没听到她刚才说的话，不理不睬。

莫名地，气氛有些尴尬。

姚纯汐无奈地笑了笑，走下床来，客气地问道：“要不要喝杯果汁？”

“不必了。”

显然，连葵一点儿也不领情。

姚纯汐再次受挫，幽幽地叹了口气。看样子，这个连葵似乎对她抱有很多不满呢。难道，是因为自己忘记了她吗？问题是，姚纯汐以前从没见过她，又怎么可能会认识她呢？

房间里一片寂静，彼此的呼吸声都能听得清清楚楚。

姚纯汐试图打破沉默，开口问道：“那个……呃……连葵，今晚是你把我从御堂家带出来的吗？”

“算是吧。”

“可你怎么会认识我家呢？”

“御堂守告诉我的。”连葵倒是无意隐瞒，交代得很全面，“御堂守无力保护你，就用特殊的方式联系了我，让我救你离开御堂家。据说，当时千钧一发，你的处境非常危险，我也只好答应了。”

哦，原来是这样。

那么，连葵应该是御堂学长的朋友吧？或者，是因为这层关系，连葵以前在雅丘学院和她碰过面？可左想右想，姚纯汐的记忆中还是没有连葵的存在。

不管怎样，连葵救了她是事实，她必须好好感谢人家。

“连葵，谢谢你！”

连葵侧过脸，抬起手道：“你不必这样对我，这是我应该做的。保护你，是我的职责所在，就算心里不情愿，我也会去做。”

姚纯汐本来就对连葵不甚了解，刚刚的交谈更令她迷迷糊糊，一头雾水。现在，突然听连葵说出什么“保护她”“职责所在”这样奇怪的话，她更觉得不可思议了。

“连葵，你……你和我……究竟是什么关系？”姚纯汐忽闪着眼睛，试探地发出询问，其实她自己心里也没有底，生怕连葵会冷冰冰地反唇相讥。

然而……

出乎意料地，连葵竟走上前，望着她勾唇笑了笑。

“你，很想知道吗？”

姚纯汐坚定地点头：“是的。”

“那好，你听清楚了。”连葵扬起下巴，紫水晶般的瞳眸直望入姚纯汐的眼底，一字一句地说，“两百年前，你是我的主人，是光王！而我，是你的影之搭档之一，配合你的命令和行动，维护光影世界的平衡和安定。

“那时候的你，率直、坚毅、果断，全身散发着王者之风，尽管高高在上，却又能够体谅关心族人，是一个让我甘心臣服的主人。但我万万没想到，两百年后，你完全变了！

“也许，如御堂守说的那样，现在的你依然善良、纯粹、坦诚而无畏，可你实在太弱太弱，弱得我都认不出你了！就算失去了记忆，失去了力量，也不应该丢弃与生俱来的王者风范呀！两百年来，你习惯了平凡，变成了普通人，你再也不是我甘愿追随的那个‘王’了！”

连葵一口气说了很多，将憋在心里两百年的怨怒，全部发泄出来。

其实，她并非痛恨姚纯汐，更不是想背弃她，而是……因为太在乎她，太希望她变回原来的王者，才会显得如此急切，如此不甘心。曾经，姚纯汐作为光王，是连葵心目中最强大、最完美、最值得信赖的人，一场意外的变故，将她和姚纯汐彻底分开在两个世界中，整整隔绝了两百年。

最初的时候，她也想像御堂守那样，放弃自己的一切。但那场变故存在太多疑点，她要用两百年的等待去查找背后的蛛丝马迹，直到两位王者重新回归的那一天。

如今，她等到了那一天，结果却让她大失所望。

据说，影王的力量正在觉醒，这是连葵唯一感到高兴的事。可同为王者，姚纯汐竟像个旁观者一般，对一切知之甚少。

为什么她没有觉醒呢?

难道是她自己封存了力量，放弃了王者的一切吗？倘若真是如此，连葵将永远离开姚纯汐，不再踏入光之世界半步！

当然了，连葵的这些心思，姚纯汐暂时是无法理解的。

听完连葵所说的一切，姚纯汐的脑袋嗡嗡作响，差点儿要炸开了。

王？这是什么称呼?

她只是一名普普通通的高中生，怎么会是……王?

另外，光王、影王又是什么？她和连葵素昧平生，怎么会变成连葵的主人？天哪！这些错综复杂的东西，就像一场奇怪的梦境，仿佛进入了另一个世界，让姚纯汐根本无法接受。

很多疑问在心里交织，姚纯汐却不知道从何问起。

她愣愣地望着连葵，脑袋里一片空白，但莫名其妙地，仿佛心底确实有个声音在不断地告诉她，她并不属于这个世界。

连葵没有再说什么，而是选择了离开。

也许，尘封两百年的记忆，在姚纯汐的脑海中已经变成了虚无。连葵即使说得再多，若姚纯汐自己没有重新成为“王”的觉悟，那么，一切也终将化作泡影。而且，追随光王这么多年，连葵见到现在如此孱弱的“王”之后，也不忍心再去刺激她了。

等吧，还是继续等待吧。

既然影王已经觉醒，相信在不久的将来，光王也一定能够找回曾经的记忆和力量，再次展现王者风范，成为连葵心目中最钦佩的那个人！

连葵离开后，姚纯汐的思绪仍然处于飘忽状态，久久无法平静。

刚才发生的事、今晚发生的事，是真实的吗？会不会只是一场虚无缥缈的梦？

姚纯汐抱住自己的脑袋，拼命回忆连葵讲过的那些事，但……没有！什么都没有！连葵口口声声说，她是光王，是连葵的主人，而连葵是她的影之搭档。可为什么？为什么她对连葵这么重要的搭档毫无印象呢？

回头想想，从御堂浅开始，一个个出现在她身边的人：御堂守、慕琉冰、御堂七海、连葵……其中，唯一能够让姚纯汐产生心理波动的，竟是她最质疑、最防备的慕琉冰！她一直想弄清楚，她和慕琉冰之间是否存在着什么关系，而现在，御堂守和连葵，似乎也是她曾经最亲近的人，这些到底是怎么回事呢？

咚咚咚！

敲门声打断了姚纯汐的思绪，她站起身，向门口走去。

打开门的瞬间，御堂浅那副温柔含笑的面孔，映入了她的眼帘。

“纯汐！你真的在家？”

御堂浅的话语里带着明显的惊喜，绿宝石般的眼眸中流转着清澈如水的光芒，其中的担忧和欣慰可见一斑。

“御堂浅，你……你变回人类了？”

姚纯汐愕然，飞快地眨动眼睛，对御堂浅“上下其手”。那是因为，此刻站在她面前的御堂浅，不再是虚幻飘忽的幻灵，而是一个拥有实体、能够触摸、带着体温的人了！

御堂浅微笑着点头：“算是吧，但偶尔还会变透明。我的状态还不够稳定，自己也不知道怎样控制，以后应该会慢慢好起来的。”

“那真是太好了，恭喜你！”

姚纯汐高兴地笑了起来，给了御堂浅一个大大的拥抱。

或许，只有在面对御堂浅的时候，她才能暂时忘却所有的烦恼，做一个纯粹而真实的姚纯汐。

御堂浅紧紧抱住姚纯汐，埋首在她海藻般的长发里，唇角洋溢着温柔的笑意。

哈，这样的感觉真好！能够拥抱着纯汐，感受她的呼吸，感受她的心跳，感受她在身边的气息，御堂浅才会觉得自己真真正正地活着。

然而……

父亲和哥哥说过的那些话，又让他不由自主地担心起来。

他不知道该怎样向姚纯汐解释自己的身份之谜，更不知道自己会不会突然在某一天如泡沫般消失，一切的一切都是那么不可思议，就像随时会飘远的梦境一般，他控制不了，也摆脱不掉。

“纯汐，对不起。”御堂浅慢慢放开姚纯汐，抱歉地望着她。

姚纯汐摇摇头，不解地问：“为什么要道歉？”

“我不应该让你去冒险，又没能好好保护你，我……”御堂浅垂下绿眸，仍然难掩心中的歉疚，“如果不是为了我，你今晚不会遇到这些危险，更不会卷入这场连我自己都搞不明白的风波之中……对不起，纯汐，从我出现在你的身边，就一直在给你添麻烦，也许离开你才是对你最好的保护。”

之前，御堂浅以为自己是个特别的存在，至少能够与姚纯汐做朋友。而现在，他终于知道了真相，其实自己连幻灵都算不上，只是一个被光芒淹没的影子。这样的他，就算成为族人口中高高在上的“王”，又能怎样呢？他甚至……甚至不敢对喜欢的女孩说出实情，不敢用坦诚的目光面对她，即使称王称霸，在他看来也是毫无意义的。

无独有偶。

当御堂浅困扰而且绝望的时候，姚纯汐何尝不是同样的感受呢？她没办法告诉御堂浅，她被一个名叫连葵，号称“影之搭档”的女孩痛斥了一顿，她并非普通的高中女生，而是一个应该拥有两百年记忆的……怪物？她好像突然迷失了，不知道自己是谁，也不知道自己该何去何从……

随后，御堂浅又问了问姚纯汐被救的经过。但是，姚纯汐一直处于昏睡状态，她也不清楚发生了什么。两人唯一达成的共识就是，今晚姚纯汐能够化险为夷，都是御堂守在背后安排的功劳。

“我错怪了哥哥，他也有他的苦衷。”

“我也错怪了学长，他是我的恩人。”

姚纯汐和御堂浅都很感激御堂守，并将他当成了最信任的人。不过，在他们互相交谈的过程中，都刻意隐瞒了各自获得的“意外信息”，心照不宣地做了保留。

有些秘密，无法分享，只能自己承受。

然而……

纸终归包不住火，继续这样下去，姚纯汐和御堂浅之间的感情会变得岌岌可危，彼此的信任也会慢慢地土崩瓦解。

接下来，连续几天，他们两人各怀心事，互相躲避着对方。

御堂浅的身体渐渐恢复，记忆也在慢慢复苏，曾经熟悉的人、事、物开始接二连三涌入他的脑海，直到两百年前那一幕……

一道深深的裂痕横亘身前，他和另一个人相视而立。丝丝缕缕的光芒如星辰般点缀周围，忽明忽暗，若隐若现。

他坚定地说："那么，我们开始吧。"

"好！愿这场浩劫过后，光影世界能够重获新生。"另一个人微笑着向他点头。

这时，悠远的声音传来："两位王，你们一定要这样做吗？"

"是的，这是我们永不后悔的选择。"

"再见！"

"好。"

他转过头，去看另一个人。那人的容貌在他眼前，一点点变得清晰起来：白皙美丽的脸颊，纯美干净的笑容，黑亮如星辰般的眼眸，海藻般飞扬的长发……

姚纯汐？对方竟然是姚纯汐！

御堂浅倏地睁大绿眸，如同触电一般，瞬间惊醒过来。

"两位王，你们一定要这样做吗？"

那个声音的主人是谁，御堂浅无法做出判断，可记忆中的一切，都是完整而清晰的，真实得就像发生在昨天。

影族、光族……这些并非编纂的故事，而是真正的存在。

毫无疑问，影王，是他御堂浅。那么，光王，应该就是两百年前陪着他一同坠入深渊的——姚纯汐！

银灵幻影

I ·寻谜99天·

第十三章

王族·物是人非

日出日落，时光飞快地流逝。

随着放学铃声的敲响，又一天过去了。

雅丘学院的林荫道上，洒满了梧桐树的树影，翠绿的叶子随风摇摆，阳光透过缝隙落下来，光影互相交错，构成一幅动静结合的美景。

姚纯汐背着书包，独自向前走，有些心事重重。

最近两天，她和御堂浅彻底断了联系。并非她不去联系御堂浅，而是……御堂浅已经向她辞别，回到了御堂家。其实，御堂浅这样做是正确的，姚纯汐也表示了理解。

以前，他是人人见不到的幻灵，虚幻的、透明的，就算自由出入任何地方，也不会造成什么影响。现在，他有呼吸、有体温、有心跳、有身份，他也应该继续去做他的御堂家二公子。

然而……

失去了御堂浅的陪伴，姚纯汐感到了前所未有的孤独。不经意间，她会自己描绘出御堂浅的身影，甚至会不受控制地，脱口喊出他的名字。

走在校园里，眼眶渐渐变得灼热，视线有些恍惚，彼此分别那一刻又浮现出来。

“纯汐，谢谢你这段时间的帮助，我要回去了。”

“回去？回哪里？”

“御堂家。”

“哦……”她故作无事地点点头，拍着御堂浅的肩膀，笑着说，“也对，你原本就是御堂家的二公子，回家是应该的。也谢谢你这段时间的陪伴，我……”

喉咙突然哽咽了，泪水不停地在眼底打转，她想说的话再也说不下去了……

不知从何时起，她习惯了御堂浅的陪伴。彼此扶持、彼此相助、彼此谈心、彼此靠近的日子，都是真实存在的，她忘不掉也舍不得。

可她心里早已很清楚，御堂浅终有一天会离开她，她和御堂浅都是注定不会在一起的。

御堂浅低下头，望着泪眼婆娑的姚纯汐，慢慢张开双臂，再次拥住了她。

“纯汐，纯汐……”

御堂浅呼喊着她的名字，幽湖般的绿眸波光流转，也渐渐蒙上了一层水雾。

其实，他在心里想过无数次，干脆就这样抛开一切，继续留在姚纯汐的身边，直到自己消失为止。但父亲和哥哥一直劝说他，让他在恢复自身力量之后，在99天期限的最后日子里，去打开通往影世界的大门，好好活下去！

对他而言，活下去是第一位的，是最重要的！

只有活下去，他才能帮助纯汐找回两百年前的记忆和力量，他才能继续和纯汐共同肩负起光影世界的平衡，创造出两百年后的崭新奇迹。

“纯汐，等着我，我会回来的。”

御堂浅抬起手，为姚纯汐擦拭泪水，坚定地向她保证。

姚纯汐点点头，含着眼泪微笑：“御堂浅，你可要记住哦，一定要回来！绝对不能一声招呼不打就永远从我的身边消失！”

因为，姚纯汐知道，距离御堂浅在这个世界的99天期限，只剩下最后10天了。

10天……这在所有人眼中，几乎不被留意的10天，对御堂浅来说，却是最珍惜、最宝贵的生命奇迹。

姚纯汐不是不想让御堂浅回家，而是害怕他在剩余的10天里，永远从这个世界消失，彼此再也无法见面了。

临走前，御堂浅告诉她，随时欢迎她去御堂家。而且，御堂浅向她保证，绝不会在御堂家让她再遇到任何危险。姚纯汐相信，这些都是御堂浅的真心话，她也很想天天见到御堂浅，但她始终没有勇气踏入那座欧洲古堡式的庭院。

因为，她连自己是谁都搞不清楚，又该怎样去面对御堂浅呢?

那一晚，连葵说过的话，一直在姚纯汐的脑海中回荡，哪怕她想自欺欺人地选择忘记都做不到。因为，那晚的一字一句就像无法磨灭的烙印一般，深深镌刻在她的心里，让她失去了逃避的勇气。

“纯汐！纯汐！”

莫瑾的喊声从背后传来，打断了姚纯汐的思绪。

她停下脚步，转过头去，恰好与匆匆跑来的莫瑾撞了个正着。

“莫瑾，找我有事吗？”

莫瑾嘟着嘴，托着下巴，忽闪着大海般幽蓝的眼睛，猛地凑到姚纯汐面前，自顾自地下了结论：“纯汐，你这两天总是心不在焉，难道……有喜欢的人了？”

什……什么?

姚纯汐先是一愣，随即心虚地移开视线，哭笑不得地反驳：“莫瑾，亏你想得出来！这个玩笑开大喽。”

呼！差点儿吓死她！

早就说了，别看莫瑾平日里迷迷糊糊的，像个不谙世事的洋娃娃，可她那双“蓝色追击眼”简直是窥探秘密的特别武器，会让人感觉被看穿似的，无所遁形。

莫瑾盯着姚纯汐，有些怀疑地问：“真的吗？你确定自己没事？”

“当然啦！我自己还不清楚自己的状况吗？”

“可是……”莫瑾皱了皱眉，拉住姚纯汐的手，“纯汐，你好像变得与以前不同了，我有些担心你。”

“不同？我哪里不同了？”姚纯汐无奈地问。

莫瑾沉默几秒，若有所思地回答：“呃……怎么说呢？你以前很有主见，决定做什么就不会动摇，现在呢……你似乎被什么东西所困扰，常常会犹豫不定，是不是有什么心事啊？”

“莫瑾，你……”

姚纯汐轻轻咬住嘴唇，突然不知道说些什么了。

莫瑾挑眉追问：“这么说，我猜对了？纯汐，我们是好朋友，你有什么心事的话，我愿意做个耐心的倾听者。”

“莫瑾，谢谢你。”

只不过，有些人、有些事，姚纯汐没办法说出来。尤其是，对方是她最好的朋友，是她最信任的人，她更加开不了口。难道，她要告诉莫瑾，她自己并非真正的人类吗？

好几次欲言又止，最终，姚纯汐还是选择了独自承担一切。

她在学校门口与莫瑾告别，目送莫瑾坐车离开，然后悄悄返回校园，来到御堂守的专用画室。这些天来，她将所有情绪憋在心里，几乎要将自己逼疯了。

想来想去，能够为她解惑的人，只有御堂守了。

走到画室门前，姚纯汐抬起手，想去敲门，但马上又收了回来。

突然间，连葵那张酷酷的、带着怒气的脸，浮现在她的脑海中，令她的心底涌起一股强烈的窒息感和压迫感，仿佛连葵就在她的身边，又一次声色俱厉地痛斥她……

“姚纯汐，你不能再逃避了！”

说着自我鼓励的话，姚纯汐连续做了几个深呼吸，下定决心敲响了画室的门。

听到敲门声，画室内的御堂守打开了门。

“学长，我来了。”

御堂守注视着姚纯汐，短短一秒钟，竟露出了罕见的笑容，仿佛早已预料到似的，他意味深长地说：“是呢，果然心有灵犀，相隔两百年依旧如此。”

呃？什么意思？

姚纯汐怔了怔，有些不明所以，却在走入画室的瞬间，呆住了。

御堂浅？他居然也在这里！

画室静悄悄的，弥散着淡淡的颜料味道。

傍晚的阳光从窗口照射进来，在地面洒下星星点点零碎的光影。

光影交错之中，少年少女默然而立，凝视着彼此，眸子里蕴含着复杂而又深沉的情愫。

两百年前，他们相知相助，宛若一家人；两百年后，他们相离相忘，甚至迷失了自己……那些曾经的谜团，曾经的困惑，也确实应该被揭开了。

“学长，我……”

姚纯汐刚要开口，御堂守突然摇头阻止了她。

“我知道你想问什么。这些天，我也一直在等你来找我。”

姚纯汐上前几步，唇角微微有些颤抖，自嘲般地笑道：“原来，我傻傻地自己苦恼，是一件这么愚蠢的事。我害怕，我犹豫，我几天几夜辗转反侧、无法入睡，我不敢对任何人去倾诉，我不敢……”

“咚！”

姚纯汐的身体稍稍倾斜，被拉入一个温暖而坚实的怀抱。

抬起头，她看到了御堂浅那双灿若星辰的绿眸。

那是姚纯汐最熟悉的一双眼睛，清澈纯净，流转着柔和的光芒，淡淡的绿色瞳孔中深深烙印着她的模样，让她感到既温暖又窝心。

四目相对，泪水又悄无声息地蒙住了她的视线。

“对不起，纯汐。是我的错，我不应该让你一个人害怕，一个人担忧。明知道你会为此而烦恼，我却自欺欺人地视而不见，对不起……”

听着御堂浅的话，姚纯汐再也忍不住了，趴在他的胸口，低声啜泣。

她这是怎么了？

以前的她，坚强独立，从不会在别人面前显露出自己软弱的一面。可自从遇到连葵，得知了那些莫名其妙的事，她就突然迷失了方向，脆弱得如同拔掉了利刺的刺猬，连自己都快瞧不起自己了。

不！她不要自己变成这样！

深吸一口气，姚纯汐从御堂浅的怀抱挣脱，抬手抹掉眼泪，又恢复了惯有的笑容。

“放心吧，我没事了。”望着御堂浅关切而担忧的目光，她微笑着眨动了几下沾染了泪珠的长睫毛，清了清喉咙，抱歉地说，“不好意思，刚才是我太任性了。学长，御堂浅，请你们见谅。其实，我今天来找学长，只想问清楚一件事。”

御堂守点点头：“说吧。”

“请告诉我，我究竟是谁？”

姚纯汐看着御堂守，目光坚定而清澈，没有丝毫动摇。

自从见过连葵后，这个问题就一直困扰着姚纯汐，让她百思不解又烦躁不安。

原本，她只是一名普普通通的高中生，虽然能够看到一些奇奇怪怪的东西，但往往也会稍纵即逝，并没有太多影响她的生活。她以为自己会一辈子这样过下去，直到御堂浅出现……

回头想想，也许一切都是注定的。

御堂浅来找她帮忙，大概只是一个契机、一根导火索，兜兜转转之后，她竟后知后觉地明白过来，自己才是最大的谜团。

那么，她姚纯汐，到底是什么人？

御堂守挑眉望着她，琥珀色的瞳眸中闪过一抹锐利的光芒，犹如尖细的匕首一般，无声地刺入姚纯汐的心口，令她不由得颤抖了一下。

“姚纯汐，你是光族人，是光王。”

果然。

御堂守的回答和连葵说过的话，几乎毫无差异。但最大的问题是，姚纯汐并不知道“光族”“光王”这些都是什么。

“学长，你说的话，我听过。”

“连葵告诉你的？”御堂守反问。

姚纯汐轻轻点头：“是的。她还说，两百年前，她和你都是我的影之搭档。最初听到这么不可思议的事情，我本能地选择了逃避。我无法接受自己不是正常的人类，我也不想去过问什么‘光族’‘影族’的一切，但越是如此，我越烦闷，整个人变得失魂落魄，什么都做不下去。所以，我还是来了，我认为，与其懦弱地逃避，不如勇敢地面对，总会有办法的。”

“说得好！”御堂守称赞她，释然地慨叹，“我臣服的那个主人，又回来了。”

御堂浅也笑着补充道：“两百年前，与我并肩而立的那个王，又回来了。”

“王？真的是我吗？”

姚纯汐依然有种云里雾里的感觉。

御堂浅和御堂守相视一笑，异口同声：“没错！你就是光王，光王姚纯汐！”

光……王?

姚纯汐暗自在心中默念了很多次，恍惚之中，仍然有些不真实感。她并非贪恋“王”的地位或权力，只是想了解发生在自己身上的过往。

随后，御堂守讲述了两百年前那场改变了一切的灾难。

普通人类和影族人，还有光族人，就像三个不同的板块，共同构成了完整的世界。

毫无疑问，普通人类是最多最自由的，生存空间也是最大的，可他们没有任何能力，只是按部就班地完成各自的生命轨迹。

光族人和影族人，拥有远远超越人类的生命，最长者能够存活上千年。另外，光、影两族有着与生俱来的特殊力量，并依靠这些力量维持着光影世界的平衡。

然而……

正因为特殊力量的存在，光影族人的野心也开始蠢蠢欲动。

自古以来，强大的力量就是人们追逐和崇尚的目标，更是使人们敬服和畏惧的权杖。

强大的力量，往往能够压倒性地改变一切，哪怕高高在上的王，也不得不屈服在力量之下。

于是，光、影族人们，为了得到强大的力量，展开了一系列的争夺和断杀，光影世界的平衡也因而被扰乱。

幸好，两族各自的王者，也就是两百年前的姚纯汐和御堂浅，一直互相配合，齐心协力，一次次平复了光影世界的混乱。

就在两族王者以为重新迎来安定的时候，一场毫无预兆的巨大灾难突然袭来，无数的光影族人受到个人私欲的驱使，变得疯狂而血腥。

他们不仅彼此断杀，还无视两族长久以来的秩序，拥有特殊力量的光影族人与没有任何能力的普通人类，即将展开一场令人无法想象的世纪混战。

于是，为了阻止那场浩劫，为了保护光影世界的平衡，光、影两族的王者做出决定，两人以放弃全部的记忆和力量为代价，终结了两百年前的灾难，维护了光影世界的平衡。

“两百年的束缚，即将解除，你们也会重新觉醒。”

御堂守望着御堂浅和姚纯汐，琥珀色的眼眸中充满无尽的期待。

姚纯汐微微一怔：“学长，你……你是说，我和御堂浅分别是光、影两族的……王？”

“没错！”御堂浅接下她的话，沉声道，“你是光王，而我……正是影王。两百年前，我们选择了共同守护世界。两百年后的今天，纯汐，你还愿意继续陪着我一起肩负王的使命吗？”

“这……这……”

通过御堂守的讲述，姚纯汐虽然了解了自己的身份和许多光影世界的过往。

可是，现在的她，并没有那些详细的记忆，也没有王的强大力量，到底能够做些什么呢?

“御堂浅，你找回了曾经的一切？”

御堂浅轻轻点头，坦诚道：“是的，随着身体的恢复，我的记忆和力量完全觉醒了。两百年前，乃至更久的记忆，我都记得清清楚楚。影族的人们，无论若道、绿罗、红罗，还是哥哥、父亲……包括来自光族的我最信任的三个搭档，我都记起来了。当然，这其中更少不了你！”

“原来如此，这些足以证明你是真正的影王。”姚纯汐突然叹了口气，苦笑道，“我没有过去的记忆，没有特殊的力量，只有一双能够看到幻灵的眼睛……这算什么呢？或许，我根本就不是你们一直寻找的光王，我……我只会给你们拖后腿罢了。”

“当然不是！”

御堂浅和御堂守异口同声地说。

兄弟二人相对一望，心照不宣地先后给出了解释。

“纯汐，你是如假包换的光王。尽管你还没有觉醒的迹象，但光、影王族之间存在着一种只属于王者的感应，所以我才会找到你。不要怀疑自己，你终归会成为那个坚强、正义，全身散发着光彩的王！”

御堂守接着说：“王族，根本不需要证明自己，因为你与生俱来就是王。更何况，你的影之搭档们都认可你，愿意再次追随你，这些就是王的人格力量。我和连葵，就算再怎么无能，也不会认错主人吧？”

“学长、御堂浅，谢谢你们。”

姚纯汐长长地舒出一口气，如释重负般地笑了起来。

尽管没有任何记忆和力量，但她愿意相信，两百年前的自己是一个值得尊敬的王。

两百年过去了，她更不想给曾经的自己丢脸，就算什么都没有，她也要拥有“王”的觉悟，担负起“王”的责任。如果这是命运带给她的考验，那么，她会义无反顾地坚持下去！

只不过……

因为两百年前的那场灾难，光影世界发生了天翻地覆的改变。随着两大王者的沦陷，如今的光影世界早已物是人非。

“我和连葵约定，分别在光影世界调查，发现当年的浩劫存在很多疑点。那不是一场突如其来的意外，而是一场精心策划的阴谋！”

御堂守的话，如同落入平静湖面的小石子，瞬间激起了无数的水花和涟漪……

银灵幻影

I ·寻谜99天·

第十四章
宣战·光影交错

沉默，在画室里缓缓蔓延。

震惊，撞击着姚纯汐和御堂浅的心口。

这是真的吗？

所谓的灾难，其实是场阴谋？

光、影两王，难道从最初就被卷入了一场蓄谋已久的旷世阴谋吗？不，不可能！

当时正值光影世界的和平期，两族族人相处融洽，深知“光影互依”的道理，大家没有必要去反叛厮杀。偶尔，也会有一些崇尚力量的野心家，企图打破光影世界的固有秩序，但最终都在两大王者的处理下，重新归于平静。

而两百年前，那次几乎毁灭整个世界的灾难，绝不是随随便便哪个光族人或影族人，能够轻易做到的。除了光、影两大王者的压倒性力量之外，就算幕后有人想操纵一切、控制一切，也未必实现得了。

但是……

御堂守和连葵的调查，也必然不是信口胡言。

他们是姚纯汐的影之搭档，都是姚纯汐最值得信赖的人。而且，若两百年前的那场灾难，在光影世界留下了疑点，似乎也应该去深入探究了。

“哥！你能确定吗？”御堂浅虽然恢复了记忆，但身为王者的他，当时对此事的内情一无所知。否则，两百年前，如果和光王没有一起做出那样的决定，或许，就会与今日不同了。

“学长，你……”

“我确定！”御堂守毫不犹豫地脱口而出。

听到这么确定的回答，御堂浅和姚纯汐反倒愣住了。

他们本以为，御堂守会有所保留、有所动摇，没想到……沉稳淡定的御堂守，竟会对这件事表现得如此急躁，甚至带着一丝不寻常的微妙的感觉。

“学长，能不能说说，你发现了什么疑点？”

姚纯汐不记得两百年前的一切，可越是这样，她越希望去了解。也许，她从当局者变成旁观者的时候，会收获意想不到的惊喜。

御堂守沉思几秒，淡淡地回答：“首先，那场灾难的出现太突然，而且是无缘无故令光、影两族族人出现了异状，这是不可能在短时间内发生的事。我找过一些光族当事人了解情况，连葵也找过影族当事人，他们自己也说不清楚当时的状况了，但这些人现在都是光影大祭司的人。”

“所以呢？你在怀疑光影大祭司？”

御堂浅挑眉注视着御堂守，脑海中浮现出了若道的形象。

若道，是御堂浅曾经最信任的影之祭司，他辅佐影王管理着整个影族，将大祭司的工作处理得井井有条，也算是深得人心。这样的若道，已经是站在权力的巅峰，他有必要做出伤害族人、破坏光影世界平衡的事情吗？

御堂浅不敢相信，也不愿意相信。

但是……

两百年后，前些天他在御堂家与若道重逢的时候，他能够明显地感觉出来，若道确确实实改变了。现在的若道，孤傲冷酷、高高在上，俨然影世界的新王者，全身散发着令人畏惧的气息。不仅如此，若道似乎已经将御堂浅这个"王"作为对手，展开了追击，甚至想置他于死地。

毫无疑问，这期间肯定发生过什么。否则，若道绝对不会那样做！

"你们两个想想，当年一场浩劫，两个王放弃了一切，将光、影两族的管理权交给了两大祭司。随后没多久，两大祭司就以雷厉风行的手段，成为了光、影两族拥有最高权力的人。现在，光、影两大祭司在族人心目中的位置，就是……王！"

御堂守继续做着分析，向御堂浅和姚纯汐敲响了警钟。

两百年的时间，对于光影族人来说，不长也不短。可能是区区弹指一瞬，也可能是一场漫长的等待，但失去王的日子里，两个世界已经渐渐被收入两大祭司的囊中。

当然，并非人人服从大祭司，只是那些反抗者很快就销声匿迹，不见踪影了。慢慢地，慢慢地，在两百年的岁月里，族人们习惯了苟且偷生，习惯了顺从，一切都变得顺理成章了。

"学长，你是说……"姚纯汐顿了顿，托着下巴道，"经过两百年前的那场灾难，光、影两族的大祭司成了最终的受益者，他们很可能就是那场'灾难'……不，那场阴谋的幕后操纵者？"

御堂守凝眸而望，俊容严肃："这只是我和连葵的想法。"

"但我始终觉得，若道不会那样做。"御堂浅紧紧皱眉，摇头叹气。

御堂守走上前，拍了拍御堂浅的肩膀："当你找回记忆后，你的心情我就明白了。若道一直追随着你，曾是你最信任的人。倘若他真的背叛了你，你一定很难接受。"

"是的。"御堂浅的声音有些颤抖，绿眸中流转着微微波光，"我宁愿相信，这件事的背后另有其人，也不希望他成为我的对手。"

"事实上，他已经是你的对手了。"

御堂守淡淡地提醒，眸光低垂下来，和御堂浅擦身而过。

前些天，在御堂家院子里发生的一切，御堂家所有人都感同身受。当时的若道，明知御堂浅是即将觉醒的王，不仅没有丝毫尊敬，反而想趁机让“王”消失。那不是玩笑，不是试探，是若道发自真心的行动！

“浅，你不要忘记，影世界的大门已经将你隔离在外。其中的结界力量，强大得甚至超出了你作为王的力量。”御堂守挑眉，琥珀色的眼眸直视御堂浅，“你没有时间了，也不能再犹豫，必须借助光王的力量，打开影世界的大门，重新回到属于你的世界！否则，你就真的会永远消失了。所以，你必须先活下去！”

什……什么？

听到这些话，姚纯汐吓了一大跳，脸色瞬间变得苍白。

原来，御堂浅在这个世界剩余的有限生命，竟、竟然……攥在她的手里！御堂浅作为影王，却被影世界拒之门外，他仅靠自己的力量无法推开那扇门，才不得不以幻灵的形态飘忽了99天。

“御堂浅，你……我愿意协助你！”姚纯汐抛开所有的犹豫，坚定地说出了心里话。

可是……

她除了顶着一个虚无的光王的头衔外，失去了记忆，失去了力量，她又能为御堂浅做些什么呢？

“纯汐，谢谢你。”御堂浅笑了笑，绿宝石般的眼眸恢复了平静。

姚纯汐微微红了脸，有些不好意思地说：“我又在说空话了。我知道，你需要光王的力量，但我什么都没有觉醒，恐怕只会给你添麻烦。这样的我，真的可以帮上你的忙吗？”

“没关系。只要有你在，已经足够。”

御堂浅握住姚纯汐的手，给了她一个安心的笑容。

御堂守可完全不像弟弟那样乐观，他斜睨着两个宛若新生儿般的王者，只感到头痛欲裂，哭笑不得。

影王御堂浅，面临着无法回归光影世界的大困难。

光王姚纯汐，压根儿就没真正觉醒，必须尽快找回记忆、找回力量，才能挽救他们两人的生命。

且不说与光影两大祭司对抗了，如何让他们在短短的10天内活下去，都是一个难题。

10天，短短的10天，决定着光、影两王的生死。

最重要的是，现在的光影世界早已易主，曾经的王者失去了容身之地。那么，明知他们仅存10天的逆转机会，掌管着光影世界的光影大祭司会不会出手对付他们呢？若真发生那样的事情，御堂浅和姚纯汐必将面临一次又一次生死危机。

“浅，你要在5天内，想办法找出光王未能觉醒的原因。”

御堂浅表示赞成：“嗯，我知道。”

“我呢？我自己要怎样配合你们？”姚纯汐着急地问。

御堂浅轻声安慰她：“纯汐，你不用担心。你我之间存在王者与生俱来的感应，你的力量没有觉醒，问题肯定出在这两百年内，我会帮你找出原因的。”

“呃？那你之前怎么做不到？”

“这个嘛……”御堂浅有些尴尬，为难地笑了笑，“王者之间的感应，需要彼此坦诚相待。我之前刚刚得知真相，无法接受自己是个影子的事实，更不知道该怎样面对你，所以选择了逃避。对不起，纯汐，以后我绝不会再……”

“御堂浅，我们果然是一类人。”姚纯汐打断他的话，心里变得轻松起来。

她也有着同样的顾虑和担忧，她也选择了懦弱的逃避。但从这一刻开始，她要勇敢地面对自己，面对未来，真正用“王”的觉悟担负起“王”的责任！

“那么，咱们分头行动。”

御堂守是维系光、影两王关系亲疏远近的纽带，也是尽心尽力帮助他们的人。正因如此，姚纯汐和御堂浅都愿意接受御堂守的建议和安排，准备互相配合，重新回归光影世界。

“我去找连葵，你们……”

御堂守的话还没有说完，画室门外传来了清晰而沉稳的脚步声。

倏地。

御堂守眯起眼睛，提高警惕，小心翼翼地向画室门口挪步。御堂浅和姚纯汐怔了怔，紧随其后，也慢慢聚拢过来。

“砰——”

画室的门突然被撞开，发出闷闷的声响。

随后，那个有着深棕色瞳眸，带着温柔笑容的少年，映入每个人的眼帘。

“慕琉冰？”

伴着一声惊呼，大家的警觉性更高了。

慕琉冰是一个危险人物，他会出现在这里，必然不是只与大家见面这么简单。

“你又违反‘规矩’了，马上离开！”

御堂守板着冰冷的面孔，毫不客气地下达命令。自从在公园见识过慕琉冰的举动后，御堂守就已经断定，慕琉冰的自身力量应该与影之祭司若道不相上下。

他很强大，也很危险。

御堂守正在思索的时候，慕琉冰突然扬唇一笑，猛地抬起手，一个金闪闪的光团像变魔术似的飞了出来，砸在御堂守的身上，直接将他击倒在地。

“呃……呜……咳咳……”

御堂守倒在画室里，一口鲜血喷涌而出。

“哥！哥！”

“学长！”

御堂浅和姚纯汐急忙跑过去，但在转身的瞬间，慕琉冰一把将姚纯汐扯了回来。

“纯汐，你不能走。”

姚纯汐生气地甩开慕琉冰，厉声反驳：“凭什么？你是什么人，竟随随便便限制我的行动？我和你很熟悉吗？”

“熟悉？”慕琉冰深深注视着姚纯汐，笑意更浓了，“纯汐，你看着我，你说我们熟不熟悉呢？”

下一秒。

姚纯汐仿佛失神一般，停住了脚步，一动不动地望着慕琉冰。那浅金色的头发，那深棕色的眼眸，那优雅温柔的笑容，那淡然如风的声音……

“你是我的王，我会永远疼你、护你、支持你。”

“若是为了你，哪怕犯错，我也义无反顾。”

……

望着慕琉冰，姚纯汐那尘封了两百年的记忆缓缓浮现……

突然——

姚纯汐睁大眼睛，瞬间回神，目光变得清澈而坚定。

“没错！很熟悉！我记起来了！”

慕琉冰笑着点头，带着赞美：“很好。纯汐，做得很好。”

“好？”姚纯汐挑眉，一字一句地说，“我记起你，未必是一件好事。你才不是什么慕琉冰，而是我的光族大祭司——天音！”

什么？光族大祭司？

御堂浅和御堂守同时抬起头，目不转睛地盯着慕琉冰。

隐隐地，一种不祥的预感散布在画室里，氛围也变得越来越紧张。

果然。

短短几秒钟，另一道熟悉的身影也出现在画室门口，迈着倨傲的脚步向前走来，停在天音的旁边。

“若道，你真的来了。”御堂浅凝眸而笑，安置下御堂守，与姚纯汐并肩而立。

光影交错中，两大王者与两大祭司相对而望，各怀心事。而这场持续了两百年的光影之战，也即将重新拉开帷幕……

寻找“光影合伙人”

亲爱的小读者们，读完本书后的你，最喜欢书中的哪一个角色呢？你最希望成为书中的谁呢？你希望你喜欢的角色在将来发生什么样的故事呢？请把你的所思所想写下来寄给编编吧！说不定，你就是作者心中所期待的“光影合伙人”。

小贴士：

将“光影合伙人”的答案写在上方区域，如需超常发挥也可另附纸张，优秀的“光影合伙人”，将获赠编辑部送出的精美礼品一份。

参与方式：

1.将该页面裁剪下来，邮寄到《意林·少年版》编辑部，注明“光影合伙人”。

2.也可发送电子版到邮箱xiaoyilin_youth@163.com，注明“光影合伙人”。

邮寄地址：北京市朝阳区南磨房路37号华腾北搪商务大厦1501室《意林·少年版》编辑部，邮编：100022。

本活动最终该解释权归《意林·少年版》编辑部所有。

作者：雨　魔

上架建议：励志 / 校园 / 成长

"意林 · 少年幻兽师"系列

"意林 · 少年幻兽师"第一部荣耀完结

"意林 · 少年幻兽师外传"载誉而来

宠兽小说作家雨魔三寸妙笔谱铭心之作

冒险小王子易火一腔孤勇铸就燃魂之战

作者：墨清清　周　飞

上架建议：励志 / 校园 / 畅销小说

"意林 · 山海神兽录"系列

《芈月传》作者蒋胜男倾力推荐！

欣赏经典神话故事演绎的别样风采

感悟中国传统文化带来的非凡魅力

"意林 · 山海经"第一季精彩完结

第二季"山海神兽录"隆重上市

作者：天使奥斯卡　月关　周行文

上架建议：励志 / 校园 / 热血 / 成长

"意林 · 锦衣少年行"系列

豪情义胆铸侠义，壮志凌云冲九霄。

一个传奇组织的热血故事，一群英勇少年的成长蜕变。

架构宏大、情节跌宕、画风细腻的同名

热血青春影视剧，即将上线。

作者：杨鹏

上架建议：励志 / 科幻 / 校园 / 畅销小说

"意林 · 机甲星球"系列

赴一场英雄的梦，开一扇想象的窗

——当危难来势汹汹，恐惧是你的选择，勇敢也是！

全球华语科幻星云奖获得者、

迪士尼签约作家杨鹏实力新作

作者：伍　剑

上架建议：幽默 / 成长 / 校园 / 畅销小说

"意林 · 5 班乐翻天"系列

生活的笑料 = 写作的调料

听幽默故事，写高分作文

校园幽默派小说作家、冰心儿童文学奖

获得者伍剑烹饪的幽默大餐！

作者：笑晨曦

上架建议：励志 / 玄幻 / 校园 / 畅销小说

"意林 · 猎神传"系列

一个万众瞩目的猎神传奇，

一段大气磅礴的异界之旅。

集幻想、悬念、推理、神秘、冒险为一体

现代校园与古代神话元素相结合

作者：司徒平安
上架建议：励志/校园/儿童文学

“意林·萝莉大冒险”系列

暖萌萝莉勇闯魔法大陆 英勇骑士力挫黑暗阴谋
一位少女的华丽蜕变 一个国度的浴火重生
一个惊天逆转的阴谋 一场勇者无敌的征程

作者：[法]儒勒·凡尔纳
译者：刘瑜/李悦/张锁迪
上架建议：励志/冒险/科幻小说

“意林·凡尔纳经典科幻”系列

中小学生课外阅读经典名著
开启科幻新篇章，点燃头脑超强风暴
这是一场极具未来眼光的科学畅谈，
也是一次跨越时间与空间的世纪幻想。

作者：[美]迈克尔·诺斯鲁普
译者：王映红
上架建议：励志/幻想/成长/畅销小说

“意林·古墓奇谭”系列

一座移动的博物馆文库
带你走进世界四大博物馆，了解镇馆藏品背后的神秘故事
《纽约时报》多次推荐的历史探险故事书
惊险神秘 科学探索 挑战大脑

作者：关义军
上架建议：励志/校园/儿童文学

“意林·少年军校”系列

一部少年军事励志小说
一部小军迷生存宝典
一部爱国主义国防教育读本
智慧强大的少年 闪亮惊艳的时光

作者：[美]H.K.瓦里安
译者：李耀和
上架建议：励志/玄幻/校园/畅销小说

“意林·魂武士”系列

一套以现代校园为背景，穿插世界上古神话、各国奇妙魔法的奇幻冒险小说
神奇贴心的魔法成长宝典
让你掌握学习的小奥秘，帮你抚慰成长中的玻璃心

作者：古 净
上架建议：励志/校园/儿童文学

“意林·夜光狼侠”系列

一部关于少年狼侦探捍卫侠义之名的暖萌系侦探小说
暖萌·友爱·纯粹
一起刻录属于我们的萌灵时光

作者：[英]伊恩·弗莱明
译者：张锁迪/刘聪/杨琪/刘瑜
上架建议：侦探/推理/悬疑/冒险

“意林·王牌特工007”系列

世界多元文化教育中心吉林华桥外国语学院地球村经典名著创新项目
精心筹划的惊天阴谋 血雨腥风的谍海风云
从未当过间谍的间谍——王牌特工詹姆斯·邦德，
充满魅力和冒险精神的精彩演绎。

著：海伦娜·卡拉杰克
绘：西·毕斯科
上架建议：儿童读物

巴比兔系列成长绘本

源自国际获奖绘本 彰显生命教育典范
为 3 ~ 7 岁性格形成关键期的孩子准备的
一份心理自助礼物